Peter Carey

The Chemistry of Tears

眼泪的化学

〔澳〕彼得·凯里 著 顾真 译

上海译文出版社

献给弗朗西丝·考迪

凯瑟琳

死了，都没人告诉我。我走过他办公室，他助理正嚎啕大哭。

"怎么了，费利西亚？"

"噢，你没听说吗？廷德尔先生死了。"

我听说的是："廷德尔先生弄伤了脑袋。"我心想，看在上帝分上，振作点儿。

"他在哪里？"这话问得唐突。马修·廷德尔跟我做了十三年的情人，但他是我的地下恋，我也是他的。平日里我躲着他助理。

这会儿她的口红花了，她的嘴抿紧，像只难看的袜子。"他在哪里？"她抽噎道，"好一个可怕、可怕的问题啊。"

我没明白。我又问了一遍。

"凯瑟琳，他死了。"说完她又是一阵痛哭。

我迈进他办公室，仿佛是要证明她弄错了。人不能就这么死了。我的地下情人是个头面人物——金属专馆的馆长。桌上是他两个儿子的照片。他那顶傻气的软花呢帽子搁在架上。我一把抓起它。我不知道为什么。

她当然看到我偷拿帽子了。我已经无所谓。我飞奔下旋转楼梯，冲到一楼大堂。在那个四月天下午的斯温本博物馆，乔治王朝时建的展厅里穿行着日以千计的游客和八十位同事，却无一人对刚才发生的事有丝毫知悉。

一切看来一如往常。无法相信马修不在那儿，正等着吓我一跳。他很特别，我的爱人。他皱眉时，大鼻子靠左有道垂直的皱纹。他的头发浓密。他的嘴巴宽大、柔软而温热。他当然结婚了。当然。当然。我初次注意到他时他四十岁，七年后我俩成了恋人。当时我才三十不到，还算得上个怪人，因为是博物馆破天荒头一位女钟表专家。

十三年。我的一生。与他共度的时光我永远活在美好的世界里，SWI，斯温本博物馆，伦敦一处近乎隐秘的宝库。此处的钟表学部颇了不得，钟表、机器人和其他发条机械藏品举世闻名。要是你在二〇一〇年四月二十一日来过，没准儿你见着我了：高个女人，优雅得异样，花呢帽子在手里揉作一团。可能我疯疯癫癫的，不过大概跟我的同事——各种专馆馆长和管理员——也没多大差别吧；他们正大步流星穿过公众画廊去会场或工作间或储藏室，要在那里审视古物，一柄剑、一条被褥，或是一只伊斯兰水钟。我们是博物馆中人，是学者、祭司、修理匠、磨砂员、科学家、水暖工、机修师——其实是有独特癖好的一群——专业局限于金属、玻璃、纺织和陶瓷制品。我们坚持说，我们各有特色，即便私底下相信，人们的成见并不错。比方说，一位钟表专家绝不会是个双腿秀美的年轻女人，而往往是个书呆子兮兮、身高不足五英尺六的男人——谨小慎微、怪里怪气、一头漂亮的金发，看你的眼神还躲躲闪闪。你会看到他急匆匆走过底楼画廊，钥匙老是丁零当啷，俨然神秘物件的保管人。其实，斯温本的人都只熟悉偌大迷宫的局部。我们已将领地缩减成小胡同——走熟悉的路线总能如愿到达目的地。隐居于此，享受这种生活带来的乖谬乐趣也就变得异常容易了。

死亡笼罩下，这里弥漫着恐怖气息。还是同一个地方，却更明亮，更清晰。一切更分明也更遥远。他怎么死的？他怎么可能死？

我奔回工作室，谷歌搜索"马修·廷德尔"，找不到说他出事的任何消息。可看到收件箱里有封邮件，这让我的心提到了嗓子眼，后来才明白是他前一天下午四点发的。"我吻你的足尖。"我标上"未读"。

我谁也不敢找。我想，我要干活。危急关头我总这么办。所以说钟表好啊，复杂精细，难以解决。我坐在工作室的凳子上，试图解析一台极度古怪的十八世纪法国"钟"。我的工具放在一块柔软的灰色麂皮上。二十分钟前我还喜欢这台法国钟，可现在它显得太自命不凡。我把鼻子埋进马修的帽子。我们会说"嗅"。"我嗅你。""我嗅你脖子。"

　　我本可以去找部门经理桑德拉。她这人一直挺好，但我无法忍受任何人，哪怕是桑德拉，来处理我的私事，把它放到台面上当成断线的串珠般推来推去。

　　你好啊桑德拉，廷德尔先生出了什么事，你知道吗？

　　我的德裔祖父和浑身英国味儿的父亲都是钟表匠，平凡无奇——先在克勒肯威尔，后来进了城，再后来又回到克勒肯威尔——经手的多是坚实耐用的英式五齿轮钟——但于我，即便当时尚且年幼，这是一种信仰，是非常称心如意的行当。多少年来，我总以为修造钟表足堪抚平人心的任何乱象。对此我深信不疑，终于错得彻底。

　　茶水小姐端来饮料，更添我的沮丧。我看到稍许凝结的牛奶正逆时针转动，就是在等他吧，我想。所以当有只手碰我，我整个身子像脱线般崩开了。像是马修，可马修死了，取而代之的是埃里克·克罗夫特，钟表专馆馆长。我嚎哭起来，止也止不住。

　　叫谁看见也不该叫他看见。

　　"巧手克罗夫蒂"①，说得直截了当，只要是滴答滴答走的玩意儿他都在行。他是学者、历史学家、鉴定专家。跟他比，我不过是个受过良好教育的机械工。克罗夫蒂对"唱

　　　―――――――――

　　① "克罗夫蒂"是"克罗夫特"的昵称。

机"的研究名声在外。十八世纪时我们向中国出口这东西，大受欢迎。"唱机"完全体现了英帝国对东方文化的曲解，往往是精美的底座上立着极尽华丽的异兽和宝殿，高度精巧的八音盒置于其中。在我们的先人看来，这就是东方。我们就靠着这个营生，勉强糊口。禽兽动动眼睛、耳朵和尾巴。宝塔升起、沉下。嵌宝石的星星转啊转，环绕的玻璃杆子营造出足以乱真的河水效果。

我哭了又哭，哭得嘴巴都成了布袋木偶的模样。

埃里克这大块头，像位养吉娃娃玩的橄榄球俱乐部主席，跟他的"唱机"根本不搭调，兴许在别人印象里，热衷摆弄此物的原该是个瘦削、挑剔的同性恋吧。他却颇有男子气概，倒像是个搞"金属"的。

"别，别，"他喊道，"嘘。"

嘘？他动作并不粗野但用壮实的手臂勾住我的肩，硬把我带进通风橱，随后打开排气扇，顷刻，仿佛二十台吹风机同时转动。我想，我已经泄底了。

"别，"他说，"不要。"

橱极小，仅够一人容身，供管理员用有毒溶液清洗文物。他轻抚我的肩，仿佛我是一匹马儿。

"我们会照顾你的。"他说。

嚎咷痛哭的我，终于明白克罗夫蒂知道我的秘密。

"这就回家吧。"他轻声说。

我想，我背叛了我俩。我想，马修会生气的。

"小饭馆见，"他说，"明天十点怎样？从附楼穿马路过去。你觉得你能行吗？没问题吧？"

"我行。"我说，一边想，就这么回事儿——他们要把我踢出主馆。他们要把我关进附楼。我已经露馅儿了。

"好。"他笑笑，嘴边露出皱纹，表情像只猫。他关掉排气扇，突然我闻到他刮完胡子搽的润肤香水味。"我们先让你休病假。我们共渡难关——我有个东西给你破解，"他说，"真是可爱的物件。"斯温本的人就这么说话。他们不说"钟"而说"物件"。

我想，他是要流放我，埋葬我。附楼位于奥林匹亚后面，我可以在那儿秘藏我的悲伤我的爱恋。

所以他这是待我好，孔武的怪人克罗夫蒂。我亲了亲他透着檀香味的粗糙脸颊。我们面面相觑，讶异。我跑开去，跑上微湿的街道，朝阿尔伯特厅方向，步子沉沉，马修那顶可爱傻气的帽子在我手里揉成一团。

2

到家时我依然不知道我亲爱的是怎么死的。我猜他摔倒了。他撞到了头。我讨厌他总是斜靠在椅子上。

这下要办葬礼了。我把衬衫撕成两半，扯掉袖管。整夜我浮想联翩，他是怎么死去、遭碾、受压、挨刀、被推到路上。每想一回我都会惊一回，撕一回，哭一回。十四个钟头后，我赶到奥林匹亚见埃里克时，仍旧不能自拔。

没人喜欢奥林匹亚。讨厌的地方。可斯温本的附楼就建在这里，所以我会被送来，仿佛我是个寡妇，非得陪葬。好，点燃枯枝败叶吧，我想，因为没什么能伤我更深。

展览中心后面的人行道异乎寻常的灼热、狭窄。车道七弯八绕。要命的飞速货车扬起尘土，卷得一路上都是烟蒂，路的尽头便是附楼。那不是一座监牢——监牢有标牌——但它高耸的前门上装着铁丝网。

许多斯温本的管理员来附楼待过一阵子，钻研一个不方便在主馆修复的物件。有几位说过得还不错，可我怎么能够离开我的斯温本，我的博物馆，我的生活？那里的每一层楼梯，每一条低廊，每一片石膏，每一粒丙酮，都装着我对马修的爱和我空落落的心啊！

你以为《国际收支：十八世纪英中唱机贸易》的作者肯定与后边隔间里四个满身臭汗的警察、奥林匹亚的司机和似乎获准穿短裤的肯辛顿投递所邮政职工大不相同吧。这想法不好，但别在意。要不是馆长大人主动起身（笨手笨脚，因为胶合板隔间不利于大块头做这类动作）我也许根本就没认出他来。

克罗夫蒂爱说他是个无名小卒。可尽管他的河口话①难以听懂，命里又与生俱有上世纪"阳刚五十年代"的种子，握手时常把人骨头捏得嘎嘎响，他却屡屡出入为文化部长接风的酒会，如果你有幸也在场，兴许会听闻他上周末刚同埃尔斯沃思（对你而言是埃利斯·克里斯平爵士）在苏格兰打猎。看来现在我得靠这位权贵庇护了。

我看到他的眼睛——满是可怖的同情。我忙乱地放好伞，把笔记本搁在桌上，可他的手盖住了我的——又宽大又干燥又温暖，你简直可以借来孵蛋。

"整件事太可怕了。"他说。

"告诉我吧。说啊，埃里克。出什么事了？"

"噢上帝啊，"他说，"你当然不知道。"

我不敢看他。我抽出手掌，放到膝上。

"心脏病发作，很严重。太可惜了。在地铁上。"

地铁。整夜我都看见地铁，黑暗的狂烈。我抓过菜单，点了焗豆和两个水煮蛋。我能感到埃里克注视着我，投来温柔的眼波。没用，完全没用。我暴躁地将刀叉重排了一遍。

"他们在诺丁山站抬他下去的。"

我以为他要说那是好事，死得离家很近。他没说。但我

---

① 河口英语（Estuary English）是英国王室的标准发音和英格兰东南地区，特别是伦敦、肯特和埃塞克斯方言的一种混合体，大约于二十世纪八十年代成型。所谓"河口"，指的是泰晤士河的河口。

一想到他们把他带回她身边就受不了。

而她，这个婚姻"和睦"的总设计师，行将扮演悲恸的未亡人。"葬礼是办在肯萨尔园吧？"就沿哈罗路往北，我想，相当近便。

"其实就明天。"

"不会的，埃里克。根本不可能。"

"明天三点钟。"现在他不敢看我了，"我不晓得你想怎么办。"

当然，当然。他们都会在场，他太太，他儿子，他同事。我理应到场，可我做不到。我会泄露一切的。

"没人这么快就入土的，"我说，"她是要掩盖什么。"我想，她希望我们阴阳两隔。

"不，不，老朋友，没这回事儿。玛格丽塔再狠也没那能耐。"

"你预约过葬礼吗？我当初花了两个礼拜才安葬我父亲。"

"这次是有人退订。"

"什么？"

"有人退订。"

我不知道谁先笑的，大概是我，因为我一笑就得笑上一会儿。"他们拿到了退订？看来有人决定不死了。"

"我不知道，凯瑟琳，没准儿他们买了更便宜的公墓，但明天三点是敲定的。"他在桌上推过来一张叠好的纸。

"这是什么?"

"安眠药处方。我们会照顾你的。"他又说了一遍。

"我们?"

"没人会知道。"

随后我们静静坐着,能噎死人的一大堆吃的摆在我面前。埃里克明智地只点了个白煮蛋。

我看他敲碎、剥掉蛋壳,揭出柔软、光亮的薄膜。

"他的电邮怎么了?"我问道,这件事也让我思索了整夜。斯温本的服务器在"牧人灌木丛"①一栋没窗的楼里,保存着我们的隐私。

"垮了。"他说。

"你是说垮了,还是说删除了?"

"不,不,整个博物馆的系统垮了。热浪。空调失灵了,我听说。"

"所以说根本没有删除?"

"听我说猫咪②。"

我想,"猫咪"这个词是见光死的。猫是柔弱、赤裸的小东西,野性难驯,容易伤人。请别叫我猫咪。

-----

① Shepherd's Bush,伦敦的一个地区。
② 主人公名"Catherine"。

"可别告诉我你们用办公室邮箱通信。"

"我们正是这样的。我不要让陌生人读到。"

"想必已妥善处置了。"他说。

"你怎么知道?"

这问题似乎冒犯了他,他的语气变得更像领导了。"你记不记得德雷克·皮博迪的丑闻,说他想把文件卖给耶鲁?他回来清理办公室,结果邮件已经不见了。全没了。"

我从没听说皮博迪的丑闻。"所以他的邮件被永久删除了?"

"当然。"他说。他没眨眼睛。

"埃里克,我不想让任何人看到那些邮件,IT 不行,你不行,他老婆不行,谁都不行。"

"很好啊,凯瑟琳,那放心吧,你的愿望已经满足了。"

我觉得他是个骗子。他觉得我是个婊子。

"对不起,"我说,"还有谁知道?"

"你跟马修的事?"他顿了顿,仿佛他可以给出各种不同的答案,"没了。"

"我很吃惊有人知道。"说完我发觉伤了他的感情,"如果这话得罪你了,我很抱歉。"

"没关系。短期病假我安排好了。开了支气管炎的诊断书,免得有人问。但我想你大概乐意知道,未来你还有任务。或许你该看一眼那个物件,你最终回到工作岗位上是要处理的。"

说来他不准备强求我去葬礼。他应该强求的,却没有。现在他的眼神变了,显然那"物件"激起了某种很不一样的情绪。估计是件怪异的唱机装置吧。专家是会这样的。哪怕死了个同事也无法彻底抹杀"发现"的乐趣。

我倒并不太生气。纵令我发火了,那也是因为我被排除在葬礼之外,但当然我这失魂落魄的样子也没法去肯萨尔园。我干吗要降格去跟他们同列?他们不了解他。一无所知。

"这事儿能稍往后点再谈吗?"我说,明白我很无礼。我太内疚了。我不想伤害他。我看他拧开一个调味瓶的盖子,倒了一小堆盐。他把剥掉壳的鸡蛋蘸了蘸盐。"当然可以。"他说道,但觉得自己受了冷落。

"是某地'出土'的?"我提了一句。

对我表露的些许兴趣,他报以猫一般的微笑。所以他原谅我了,但我并不讨人欢喜。

我心里想,当病魔缓缓爬向马修的心房,埃里克却扎进博物馆的旧目录册,海底寻珠。他发现了同事们闻所未闻的宝藏,奇异而丑陋,如今他能以此为题写一本书。

我疑心是不是那"物件"让哪个大人物看对眼了,成为某位部长、委员的公余雅玩。我本可以礼貌地质询他,但我实在不想知道。钟是钟,但唱机可能是噩梦,牵涉到玻璃、陶瓷、金属,或者纺织品等各类制品。如果那样的话,我将被迫同所有那些学科的管理员协作。我不愿，不能，同任何人协作。我会嘶吼、痛哭、暴露自己。

"对不起。"我说道，想一举弥补我的冒犯。太伤人了，因为他对我那么那么好。

我们离开小饭馆。门前停着一辆崭新的"迷你"。不是我认识的那辆"迷你"，但一模一样，我能感觉到埃里克想谈谈这一巧合。可我不能，不愿。我飞快穿过马路，跑进全伦敦最安全的博物馆部门。

保卫处的那些家伙当然对钟表学毫无兴趣。他们还是喜欢驾着哈雷摩托，在北环广场那儿嗡嗡疯叫。没想到他们居然认得我，态度出人意料地柔和，反叫我疑虑重重。

"到啦亲爱的，我来帮你刷卡吧。"

穿过第一道安全门时我还没从那辆"迷你"上缓过神来。我能感觉埃里克的肉手在我背后一英寸处逡巡。他只是想安慰我，但我是个疯婆娘。手在迫近，令人压抑，比真的碰到还糟。我狠狠一拍，可根本没什么手。

到了四楼我获准刷自己的卡。我们走进冷得要命的无窗廊道，顶上长条灯，身旁瓷砖墙，多数是白的。我感到脖子上汗毛直竖。

我钱包里有零点五毫克劳拉西泮①，可我找不到——显

①抗焦虑药。

然已与线缝边的绒毛厮混在一起。

埃里克推开一扇门，我们把缝纫机前戴着眼镜的小个女人吓了一跳。

隔壁的门，那扇该进的门，一直紧闭，这才"吱嘎"响着打开，撞在墙上。我一动不动，冷峻如附楼的混凝土建筑。钟表学家喜欢清净，所以他们认为这地方"适合"我待。一阵强烈的幽闭恐惧之感向我袭来。

屋里高处的三扇窗户里漫着晨光。拉开百叶窗就太亮了。

八个茶叶箱和四个狭长的木盒堆在窗帘下方的墙根。

我是不是世界上第一个不想开启箱子的管理员？

结果我开了一扇门。我的工作室带盥洗室。这叫套间，他们说。我的护花使者脸上的表情在说，我理应心满意足啦。我找了件防尘外衣，裹在身上。

回来时，埃里克在，茶叶箱也在。我突然确定盒子里是那种讨人厌的猴子，口吐青烟。肯尼斯·克莱林邦德爵士集藏了海量各式机器人、中国佬发条玩具和歌咏女孩。事实上斯温本派给我的第一个任务就是他赠给博物馆的礼物：一只猴子。

那只猴子确有几分别致，就是抽嘴皮子笑时不像话，叫一个笃信钟表机械朴素理性之美的人看来，骇怪得难以置信。我又是头痛又是哮喘。最终，为了完成修复，我只好用纸袋包住它的头。

后来又分配给我一个抽烟的中国佬，不那么可怕，但不管怎样，这类活物的仿制品总归很有点令人心慌。我在我的新工作室里东瞧西看，越来越躁，气不过这就是埃里克拿来安慰我的东西——要装一只钟可用不了八个茶叶箱。

"你不准备打开看看？"

恍惚间我嗅见埃里克的嘴里有秘密，他的髭须下缘动了动。

"上面有纺织品吗？"我质询道。

"你干吗不看一眼你的礼物呢？"

他是在对多年来他知之甚深的凯瑟琳·贾里格说话。他见过我身处重压（险境，用博物馆的术语来说）而我只以冷静、理智的面貌示他。他欣赏我从不显得如临大敌。相反，埃里克热衷激烈的情绪、奇异的感受、唱机和歌剧。他每次找我茬儿总说我过于谨慎。

所以亲爱的埃里克并不知道，面前这位领受他好意的人已经变成一台烦躁、疯狂的机器，就像让·丁格利①的雕塑，创造是为了自我毁灭。

他要我查看他送的礼物。他不知道那会把我震裂的。

---

① 让·丁格利（Jean Tinguely，1925—1991），瑞士达达主义画家、雕刻家，其最著名的作品《向纽约致敬》，正是一尊"自毁式雕塑"（self-destroying sculpture）。

"埃里克，别。我办不到。"

说完，我看到血液从衣领冲上他的脖颈。他生我气了。他怎么能这样？

接着我从他火辣辣的注视中看出来，他是打通了不少关节，开罪了不少关系，才帮这个见不得人的姑娘安排好去处，让她独自收拾心情。他在为马修照顾我，不过也是在为博物馆。

"埃里克，对不起。真的。"

"嗯，要是你想抽烟，恐怕得过保卫处这关。你还抽烟吗？"

"只求你告诉我这不是一只猴子。"我说。

泪水涌上我的眼睛。我想，你这亲爱的傻瓜，快走吧。

"噢老天爷，"他说，"一塌糊涂。"

"你总是很好，"我说，"真的很好。"有那么一秒，他的整张脸崩塌了，但随后，感谢上帝，他又打起了精神。

门关上，他走了。

3

半夜里我找不到马修的帽子了，恐慌得要命。我清空床上的东西，撞翻台灯，直到找回失物。我吃了片药，喝了杯威士忌。我吞了几口吐司。我打开电脑，博物馆的邮箱又运转了。

"我吻你的足尖。"

我怕极了我的那些雇主，不敢回复。我归档："未读。"

我裹了他的衬衣，拿他的帽子上床嗅起来。我爱你。你在哪里？

天亮了。他死了。服务器又崩溃了。马修永远不会回来了。他的身子正躺在这浊热世界的某处。不，在冰箱里，脚上贴着标签。也可能已经被装进棺材。葬礼在三点。

病假也请了，安眠药也服了，可我就要独自发疯——没有教堂、没有家、没有人能倾诉，只有我傻傻托付终身的斯温本。中午我坐在与世隔绝的地铁车厢后部。乘过三班列车，我顶着没洗的头发，在奥林匹亚出站。黄色的雾霾弥漫。

这会儿，主馆里的同事应该已为葬礼穿戴停当。出发尚早，估计他们勾留在工作室，沉浸于各自的生活、私人小玩意儿和孩子、爱人、假日的照片之中。而我那间再不会提起它从前的主人：留言板上的照片，是绍斯沃尔德的一棵树和贝克尔斯的一条空旷街道，知道它们真正意义的，只有我们两个。我们一个。

我原先那间工作室的墙是奶黄色的，地毯棕色。容身的那间房里就仿佛住进了一只可爱的破旧罐头。我在奥林匹亚的工作室则不然，地面是光滑的混凝土，百叶窗向来不开，因为风景令人丧气。我想到十九世纪的囚犯，袋子蒙住头，被押进牢房铐在织布机上，做啊做，永远不知身在何处。到我这儿，织布机换成了茶叶箱。

凳子上有台全新的苹果 Mac。Gmail 运行相当正常，但博物馆的服务器，果不其然，再次遭了"极端天气"的罪。

我头昏、胸闷，但还是像外科医生摆出器械般，把工具在凳子上放成一排——镊子、割刀、穿孔锯、锉刀、手钻、锤子、防磁钳、铜丝钢线、丝攻丝板、针钳，大概有二十样器具，每一件都涂了亮蓝色的指甲油当标记。马修的主意。

我能怎么办？生活总要继续。我打开第一个盒子，稀巴烂一团，都包在一张《每日邮报》里，我认得出泛黄的头版上是圣保罗大教堂的穹顶和四周的滚滚浓烟[1]。所以：是个外行在大空袭期间包的；从伦敦撤向乡下安全地带的路上。

我心想，老天保佑，别叫这"东西"跟布或者织物有关系。除开它掀唇露齿的丑恶嘴脸，这种抽烟猴子身上我最讨厌的就是丝绒——暗淡脆弱，残残破破。发条一拧，褪了色的破烂动起来，这只不死不活的鬼怪益发恐怖不堪。

不过说实在的，说真的，但凡观察过成功运行的机器人，看见过它奇特逼真的动作，正视过它机械呆板的眼神，是个人都会难忘那种恐惧，那一时的困惑：究竟哪个是父母

_____

[1] 这张照片出现在一九四零年十二月三十一日的《每日邮报》头版。

所生，哪个是匠人所造。笛卡儿说动物是机器人。我向来确信他是怕受刑才没说，人类亦同此理。

我和马修都没空关心灵魂。我们是精细的化学机器，却并不妨害我们感受惊奇，我们对弗美尔[①]、对莫奈的崇敬，我们在海水中浮起的身体，我们在烛火熄灭前瞬息的欢喜。

可如今光没了。一小时后它就将从这世上熄灭。我把手伸进那团乱糟糟的报纸，摸到了一只普普通通的烟草罐。主体黄色，棕色标牌上写着"山姆独家配方"——配一张狗的图片，我想那就是山姆了吧，一条漂亮的拉布拉多，正含情脉脉地抬头看。我应该养条狗。我会教它睡在我的床上，我哭的时候，它就来舔舔我的眼睛。

我把罐头里的东西倒在一只金属托盘上。人人看得明白，它们是些小铜螺丝。钟表学家看到更多——比方说，其中大部分是一八四一年前生产的。接下来那些，大概有两百个，都带五十五度定制角度的标准惠氏螺纹。我真能看到那些五十五度角？噢是的，就算眼里含着泪。十岁的我，挨着祖父坐在他克勒肯威尔的工作台前时，就学会这个了。

于是我立刻知道，这"物件"诞生于十九世纪中叶，那时惠氏螺纹已被官方定为标准，但许多钟表匠还在用自己的

---

① 弗美尔（Jan Vermeer, 1632—1675），荷兰风俗画家，亦作肖像及风景画。

螺丝。这些不同种类的螺纹告诉我，克罗夫蒂的"物件"是多个作坊的合作产品。部分修复工作需要我配对螺孔与螺丝，这或许听起来很恼人，但我喜欢制作钟表喜欢的就是这点，我祖父贾里格便是如此言传身教的——其中含着完满、纯粹的平静。

当时我想上艺术学校，以为去了一定是这种感觉：可以像，比如说艾格尼·马丁①那样作画。我不曾想过她会为忧郁症所困。

父亲也曾年轻过，我希望他能体会这不识愁滋味的心气，可现在回想，很难说。记得很清楚，我明白家中秘辛的时候，他已经丧失了那无忧之乐。这桩丑事便是，我父亲沉迷酒精。我还没搞明白出了什么事，他就丢了饭碗。他突然要"出国"，是去买醉，我猜，或者戒酒。当年有戒瘾所吗？我哪能知道呢？可怜啊可怜，我亲爱的老爸。他热爱制作钟表，可他被它的转变毁了。他愤恨那些城里的乡巴佬走进店里，说要更换电池。

带上你该死的电池滚吧。

我父亲失去的东西，我的马修却一直有福消受——金属制品的极度平静。当然，从科学上讲，这么说是罔顾常识。除非生锈或者氧化，金属不会片刻停歇。只有到那时，它们

---

① 艾格尼·马丁（Agnes Martin, 1912—2004），加拿大裔美国画家。

方能太平。然后埃里克·克罗夫特那样的人就想擦亮它们，有了光鲜媚俗的外观，它们反倒成了可怜的生物，被剥了皮，裸露在痛苦的空气中。

不仅仅是埃里克，当然。我跟马修刚好上时，我帮他把一辆"迷你"剥成了金属裸架。谁承想爱情也会变成那样？

用颤抖的双手移开茶叶箱薄薄的单层盖子，我瞧见了好多根弯曲的玻璃棒，我预感到这次的机械装置可能不是一只猴子。

我极为业余地乱翻起来。我翻掘出一台一九五零年代的脏兮兮的投币机和一堆用酒椰绳扎着的学生练习簿。

我把这些带到工作台，阖上了茶叶箱。

而就是在那一刻，也许离三点整还差三分钟吧，我开始离经叛道了。若是遵守规矩，我应该不碰这纸，先等海勒小姐（她不喜欢我）把练习簿交给"纸制品人员"。我一个字也无权阅读。我必须等候——她最享受这过程——也许一周，甚至两周，才能看到扫描过的图像。到那时每一页都已经过，先是海勒小姐蛮横的保护，再是管理员的处理——白炽灯的猛烈攻击（准确地说，是三千两百开氏度），人称"终极凌辱"。

他的身体肯定在灵车里了。

送葬队伍浩浩荡荡，沿着哈罗路向北行。我坐下。我发觉这些笔记本产自德国卡尔斯鲁厄一个名叫威·弗洛里希的

人的 *werks*①。

当我的爱人被抬进肯萨尔园之时，我用光赤的手，托起了十一册笔记本。每本都密密麻麻写满，格式很特别。每一行的起始、结束都撑到页边，中间的笔迹规整如工厂的锯齿状屋顶。边缘没有毫厘留白。

我当然激动难耐。我的七情六欲经历了置换，但占得我温厚同情的，一定是这种特异的笔迹，因为我认定书写者是个疯子。我尚不知道他名叫亨利·布兰德林，可我很确定他是个男人，一个字还没读，我就可怜起他来了。

① 德语，"工厂"。

亨利

一八五四年六月二十日

不管是怎样的际遇才逼得人远渡重洋，如此这般总是开怀乐事：身处一家德国酒店的单人间，你在早晨的阳光中醒来，发现，比如说吧，旁边的椅子上，安放着一只晚装手提包，而待回想起你逃过了海关人员的检查，你势必乐上加乐，他那颗愚蠢的大脑袋，居然觉得你在私运什么东西的图纸来着？一件可笑至极的战争工具？

愉快的早晨。

我渡海进入德国前，家里人拍胸脯保证此地除了农民，人人英语都说得很好。辛苦跟海关人员打了半天交道，我终于懂了，这国家处处是农民，于是我在火车站买了本德语语法书。

第二天早上，我在安静、洁白的房间里踱来踱去，一边认真学了会儿德语。说真的这事我并不拿手，但不打紧——我是布兰德林家族的人，哪怕非得像个马戏团小丑似的打手势同人交流，我也定会把此行的战利品带回家。

我儿子身上缠得乱七八糟，正在接受水疗。听到小家伙的尖叫，知道冰冷湿润的被单正裹着他发烧的身体，真令人难受。又一天的治疗开始了。

自从孩子的支气管第一次出问题，两年来，我妻子一直在等待最坏的结果。我们头一个孩子的死对她打击太大，害她如今与佩西相处总是小心翼翼，显然，她不敢爱这个小家伙。那我呢？我怎么想就怎么做；我情难自禁。我执着的乐观招致了恶果，那个曾经全心爱我的亲爱姑娘，先是气恼，后是愤怒。最终她与我分房，睡到了屋子阴暗的北面。

我尽我所能取悦她。其实正是我委托马希尼先生为她画像的，还鼓动他把助手和随便什么有趣的朋友带来玩。这么做并没错，书房很快变成了定期聚会的沙龙，天南地北闲聊间，画像不断完善。赫敏是个标致的女人。

但我不会丧失信心，抛弃亲生儿子。我叫人装了水疗用的蓄水箱，雇了个爱尔兰姑娘，辞去督办工程的职务，睡在保育室的行军床上，遵从柯乃普博士的建议，在狂风暴雨中将窗户洞开。

每天早上做完水疗，保育室的地板被拖干，佩西便和我坐在一起，身边摆着水果和谷物，规划起我们的"好哥俩大冒险"来。不消说，村里乡邻觉得我"发了痴"，因为他们曾见我抱着病娃子爬上一棵橡树。发了痴，也许吧。可佩西瞧见那四只"大斑啄木鸟"蛋时的可爱脸庞,只有我看在眼里。

柯乃普博士在马尔文,但我们通信不断,他始终认定我的直觉是对的。我特别提及了那些被人目为"疯狂"的做法——比如,带着赤条条的病孩横渡汹涌的湍流。"要牢记,"柯乃普写道,"你正在治疗的病情,比几乎任何人的都要危险。"

时过境迁我才明白,尽管为她画了像,迎来了有趣的新朋友,我的乐观比严刑拷打还令我妻子痛苦。只有等到再也来不及,我才认识到损失之巨大。但我依然故我。我不会放弃,我仍怀抱希望,总有一天,当赫敏相信我们不会失去亲骨肉,她的心里会乐开花,她会重新爱我们,我俩。

柯乃普博士的疗法取得了显著成效,虽然只有他和我能看出迹象。然后,我无意间拿到了那些图纸。在《伦敦新闻画报》上登出来时它们已经是一个世纪的老图了,可我立即嗅到了其潜在价值;我叫我弟弟手下的一个制图员把那些图翻新,他在截面图之类上面花的时间,都可以画出布兰德林铁路的局部图纸了。

等小家伙看到沃康松先生①那只精巧鸭子的设计图,他

---

① 沃康松(Jacques de Vaucanson, 1709—1782),法国发明家、艺术家,在机器人史上占有重要地位,本书中的"消化鸭"(Digesting Duck)便是其著名创造,诞生于一七三九年。

"哇塞"大叫了一声。看到他面颊上焕发的神采,他眼睛里充盈的生气,我信心倍增。我看到了柯乃普博士称之为"吸引鼓舞"的力量,那是一种高度亢奋的好奇与想望。

我心想,亲爱的主啊,事情有了转机。

十张图纸铺在他床上。"噢爸爸,"他说,"好神奇呀。"

这下我知道他会得救的。我向他解释,严格遵照图纸上的说明操作,就能造出一只聪明却没有生命的动物,它会扑扇翅膀、喝水、吞谷子和拉屎,他听了多么活蹦乱跳啊;尤其最后一项功能,逗得他顶开心,却会惹他母亲不高兴。可哪怕她气不过,觉得鸭子粗鄙,也无法对好结果视而不见。

此事的后果同我的期望不尽相同。必须承认,随后的一

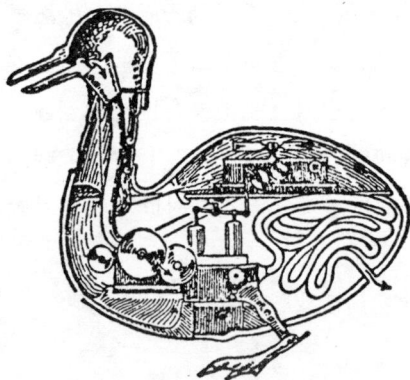

布兰德林。凯瑟琳。No.MSL/1848/.V31

两天我都没意识到有什么不一样。可在赫敏看来,我无疑已经向佩西保证会把鸭子造出来。

"你不晓得你已向你儿子许下承诺?"

"不晓得。"

"那你就是逗他玩。你怎么能这么残忍呢?"

"可是赫敏,那我就只好出国了。"

"我相信你是最清楚应该怎么做的。"

她是莱亚尔家的人,就是说,驱动她的是台滚烫的引擎。这似乎是一种家族特性,仿佛莱亚尔氏身上的热量参与了发酵的过程,让他们纽卡斯尔的家业兴旺发达。现在,在一顿永生难忘的孤寂晚餐上,我明白了这热量的功能就如喷灯,助我离家远去。

2

第二天早上"好哥俩"吃早餐时,儿子问我:"你几时走,爸爸?"

这么说他母亲已找过他了。

"爸爸走了你别难过好不好?"我问他。

"你不应该难过,爸爸。"他说。看他皱着眉头,我只怕他已对父母悲惨的婚姻略知一二。我从没有骗过他,但这时我演起跳梁小丑来,兴高采烈极了,当我给他杯里倒满可可，他终于相信我迫不及待想启程探险。

"哇塞，"他大叫，"你这趟旅行该多刺激啊。"

当然我是对他的看护照料作了周详安排才走的。所以说我走得还算有骨气，虽然我妻子，身为莱亚尔家的人，不会有礼有节地接受胜利。她不愿深究，既然我如此热衷沃康松的发明，为什么我不能跑一趟沃康松的祖国呢——毫无疑问在她那些新朋友眼里，法国处处比德国好——可我受够了他们和他们的意见。目的地我选得相当明智，在卡尔斯鲁厄南边的 *Schwarzwald*，就是黑森林，布谷鸟自鸣钟的诞生地。布雷格河流域深处掩映着一些小农场——至少百科全书上是这么写的——整个天地犹如孩童过家家时放在园子里的玩具屋，而除非从高处沿绳梯攀下，否则显然无从到达。那里聚居着一大族钟表匠，名声赫赫的不仅是他们的力气，还有灵巧的手指和一般庄稼汉难匹的聪慧。"心灵"与"手巧"皆齐备，更兼丰饶资财，不愁我的鸭子造不成。

知道自己需要点时间练语法，我便在卡尔斯鲁厄的 *Gasthaus an der Kaiser Straße*[①] 租了房间。而且，急急忙忙从洛厅出来，我也需要点时间平复受伤的心，坐下来理会理会自己的处境。

为此我从印刷商弗洛里希先生那儿买了本儿童练习簿，

---

① 德语，"恺撒街客栈"。

照我弟弟的说法，他准是个农民——因为他不会英语。我是打算将苦境转化成一场冒险，让佩西感觉一直与我同在。我会写日记，给源源不断的家信提供素材，随文字一道，时时飞回他的身边。

3

精神正常算不得什么天赋人权。我好几个姑姑都有点神神叨叨；我叔叔爱德华本是名运动健将，在奥尔德堡的德国海救起一个小男孩，从此瘫了三十年。如果说曾几何时，布兰德林家族在赛马上昏过头输过钱，我们却也知道——这是硬币的另一面——十有其九，不可能其实是可能的。这是我们财富的基础。要是老爸不曾相信蒸汽机车是可能的，他也不会投入那么多钱支持斯蒂芬森。他埋头苦干，身子都累垮了，多年来大家都是这么说的。但不可能当然是可能的，因此才有了"布兰德林铁路"和"布兰德林车站"；靠这番成功，他才有底气叫制图员描摹出如此奇观：迅捷的列车施然穿过"福南梅森"①中间的玻璃隧道。

从这层意义上讲，尽管兴许中毒不深，我毕竟是布兰德

---

① Fortnum & Mason's，伦敦知名的高级消费百货商店，始于一七〇七年。

林家族的人。

在卡尔斯鲁厄当然没有谁知道布兰德林是何方神圣，应当享受怎样的礼遇。英国士兵绝对做梦也不敢喝令我让出公园长椅给他坐，而碰上一个德国人这样，我的字典根本派不了用场。镇上的钟表匠似乎同样不晓得应该如何待我。碰壁四五次后，透过几扇陈旧的绿玻璃窗，我发现了一台旋转木马式样的精致音乐盒，心情为之大振。马儿上上下下，骑者也随之动态纷呈，栩栩如生，有的高举胳膊，有的跌落马鞍。俯身走进低矮的门，只见钟表匠本人从作坊的幽暗处奔出来，还在扣礼服大衣呢。现身亮处的他体态清瘦、皮肤白皙，一双水汪汪的浅淡眼睛，通常属于那些镇日凝视复杂机器的人。他年纪不小了，举手投足间，透露出他已然得偿所愿，过上隐居生活。

刚开始一切看来充满希望，他饶有兴致地检视着我的图纸。他会接受吗？他的情绪暧昧不清。然而他是个窗口摆着台精巧机器人的钟表匠。我带给他的设计值得他好好动一番脑筋。

"你等等。"他用英语说。我心想，感谢上帝，可他没话了，打手势表示要离开商店，去去就回。看他关上门我一点不生气，反倒颇为振奋。

趁等人的当儿，我把那件模拟活人的作品细细看了个够，说死不死说活不活，真叫人起鸡皮疙瘩。所有细节我都会回忆给我儿子听。上面有二十来个骑者，操控每一个骑者神奇动作的核心位置，都装有一系列极尽复杂精妙的凸轮。让这些奇形怪状的部件转起来绝非易事，但光做到这点，连这装置的一般水平都达不到；那钟表匠准是个艺术家，能体察人类的自然动作，从而知晓必须切割哪些齿轮来完成他的仿造品。

所以身为"好哥俩二号"的我就在那儿——膝盖着地，髭须满脸，乐呵呵地蹲伏门边，如一只轻摇尾巴的猫，观察着那台奇妙的机器——这时主人回来了。他身后跟着个相貌平平的家伙，原来，是个警察。

他是被拖来当翻译的，一上来就告诉我，我是位"敬爱的先生"，而看样子在卡尔斯鲁厄这种地方，你必须是"敬爱的先生"才行，听他这么说我很高兴。

我告诉警察，沃康松的原作不复存在了。他的同胞歌德见过那图纸，他知道歌德吗？

"当然啦，先生，我们是德国人。"

"好，"我说，"那你就会明白沃康松死后歌德是见过那鸭子的。他说它可怜得不成样子。那只鸭子骨瘦如柴，消化不良。"

我心想，他们从没听说过沃康松。

那警察对我说："跟我来吧。"

我不清楚现在算是怎么一回事，只知道这钟表匠不肯再直视我的眼睛。没有道别，不管那意味着什么。我的翻译带我穿过弗洛里希先生寒伧歪斜的印刷厂，随后走上一条砌着中世纪三角墙的街道，再由此拐进一处窄巷。到了，在一扇我从未踏入的门前，我的向导领我进了客栈。

有什么办法？除了干等我还能怎样？只好由着那警察拿了我的图纸，把鸭子的制作方法解释给一个叫贝克太太的，这精瘦精瘦的女人是客栈的老板娘。说完后，他"咔哒"一碰脚跟，向我道别。看我一脸困惑，他竟上来跟我握手，好像觉得这是警察同绅士打交道的惯例。

与此同时，贝克太太正卷起我的图纸，一脸严肃地摇头。我心想，如果她有孩子，愿苍天护佑他们。

"不行，"她说，一边用一根瘦削的手指朝我摇摇，"不行，布兰德林先生。你不可以。你不能把这个拿给哈特曼先生看。"

"谁是哈特曼先生啊？那个钟表匠？"

她咋着舌头，看得出来是要告诉我我错得没边了。我应该回洛厅先把德语学好的。

"那是谁？"

"谁也不是！没有人！你运气好，事情算了结了。"

"为什么？"

"人人都注意到你了，"她跟我咬耳朵，"谁叫你不肯给长官让座的呢？"

看来整个卡尔斯鲁厄都知晓我的事，我吓坏了。

"布兰德林先生，我必须请你好自为之。给。"说着她把卷好的图纸递给我，让到一边，示意我应该上楼去房间。我一边照做，一边大概在暗自发笑，可根本就不好笑，卡尔斯鲁厄的人显然并不好说话。

我回到房间。我把图纸扔在梳妆台上，自己往那张古怪的德式床上一躺。女仆来了，还会是谁？跟着个十来岁的男孩。佩西柔软的地方他坚硬，碧眼金发，很难接近的样子，不过他跟佩西一般大，我仿佛认识他。

我招呼他道 *Guten Tag*①，还给了他一芬尼。我多么想念我的好兄弟。

男孩的母亲——她只可能是他的母亲——一只手搭在他肩上，对他耳语了几句。她显然是在叫他谢谢我，但肩膀上的那只手才是真正打动我的。

"*Danke*②。"男孩说道，而当我看到他有点瘸时，没想到竟突然触景生情起来。童年多残酷。

九点才刚过一点，我免不了要吃一天中的头一顿饭了，而他们显然根深蒂固地觉得，男人不把自己塞成头猪是不应该离开家的。

我的字典上没有"熏鲱鱼"这条。

————————

① 德语，"你好"。
② 德语，"谢谢"。

凯瑟琳

父亲小时候，曾在大空袭的恐怖中读书。现在三点钟，他们埋葬我爱人的时分，我也在阅读：杰西卡·里斯金博士，《人造生命与智力，约 1730—1950》。

上部圆柱中的凸轮带动一个大约由三十根杠杆组成的框架。它们与鸭子骨架系统的不同部分相连，从而决定它的全套动作，包括喝水、用喙戏水、像真鸭一样"嘎嘎"叫，还有抬腿、躺下、伸脖子弯脖子、扇翅膀、摆尾巴，甚至摇动大片羽毛……

我也读了德方丹神父[①]，他这样描述那鸭子的翅膀："模仿的不光是每块骨头，还有各块骨头上的骨凸或者说隆凸……不同关节：弯部、凹处与翅膀上的三块骨头是截然不同的。"

对自己向孩子承诺的这东西的尺寸与花费，亨利·布兰德林可有丝毫概念？卡尔斯鲁厄的钟表匠肯定知道——《伦

[034]

敦新闻画报》上登的图纸只是冰山一角。梳理羽毛的"表演者"下面势必有一个主要的"基座"。那基座的大小和形状至少要同公用电话间差不多。那就结了：电话间装不进茶叶箱里。

我跟父亲不能比。三点一刻我躲进工作室，从骨子里感觉到马修不在了。我的肺衰颓。我不能呼吸。

埃里克在坟墓边。他的"黑莓"塞在口袋里。我敢肯定，他预计这鸭子能娱乐大众，能投艺术部欢心。但没有基座，埃里克。内脏找不到了，所以没用。

收件人：*e.croft@swi.ac.uk*

"你好，埃里克。"我写道，即便在斯温本，大家也这样。

随后我告知这个竟敢站在我恋人墓边的男人，他给我的机器人太支离破碎，除非找到基座，不然连打开包装都毫无意义。接着，也是服了劳拉西泮的关系，我告诉他给一个悲伤中的女人安排模拟生命的任务是极为"不合时宜"的。如果他是想害我做噩梦，已经大获成功了。

我按下"发送"，关掉电脑。

就在那时候，悲伤与愤怒汹涌，我偷拿了两本亨利·布

————————

① 德方丹神父(Pierre Desfontaines, 1685—1745)，法国作家、翻译家、历史学家。

兰德林的练习簿。如果被抓到会怎么样？活活烧死我吧，我无所谓。我把它们夹在一本《古文物钟表学》里，径直走过保卫处，出门上路，四月底的伦敦街，比曼谷还热。

不消说，在我开房门锁的那刻，马修的身体已开始腐烂。屋里非常、非常燠热闷浊。恶臭。酒味和香烟味。我打开前后窗户。我给角角落落洒上雅达薰衣草水，点了一根烟又掐灭，倒了一杯苏格兰威士忌却犯恶心。我不喜欢红葡萄酒，可我启了一瓶马修的布伊尼干红，闻他。我关好窗户，不想让人听到我哭。

亲爱的祖父去世后，这套地下室公寓就传给了我。房子在肯宁顿路，大英战争博物馆斜对面。听说兰贝斯北区被称作伦敦"不受待见的"一角，但我一直知道，那围墙花园庇佑着我，因为"楼上的"新工党富豪们多数时间在伊维萨，它常常只属于我。

尚有未来可言的日子里，那座花园带着魔力。就在上个礼拜我们还躺在床上，看着灯影中的狐狸一家在乱草里嬉戏。

"瞧。看。嘘。"

那窝狐狸其实不太可爱。狐穴臭烘烘，它们还把快餐包装袋和濡湿的帮宝适纸尿裤拖到草坪上。我们知道应该打电话叫"普特内的伯特"来射杀它们。我们当然没那么做。

缓慢而仔细，现在我全神贯注读着纸页上难解的谜题。

我相信亨利·布兰德林是真心希望对儿子遵守誓言。可鸭子最终造出来时会怎样，他却似乎没想过。他真的期待妻子重新爱上他？还是说，不经意间，他正建造着悲伤的纪念碑，一座钟表机械中的泰姬陵？还是说当局之人，其实是我？

亨利·布兰德林看来不大聪明，但鉴于好些牛津的优等生最后都成了全英格兰最讨厌的人物，我也就不以为意了。

我读得越多就喝得越多，我喝得越多就越被亨利·布兰德林打动。他，像我的恋人一样，全副心灵为孩子受难。我开始觉得他早料到我会出现，这些笔记本本就是要托付给我的。威士忌喝完了。我喝起布伊尼干红来。茶叶箱不要了，克罗夫蒂从哪个幽暗洞穴里找着的，就扔回哪儿去，可它们离开我的工作室之前，我会拿走每一本练习簿，带回家放在有关爱、有理解的地方。这种占有感堪比我第一次看费里尼的《8½》①时的心情。当时，就像现在，我相信这世上只有我能懂得眼前的东西。

---

① 意大利导演费里尼（Federico Fellini, 1920—1993）的作品，上映于一九六三年。

亨利

我抛弃了佩西。我听不见他哭听不见他呼吸。如是我沉沉睡去，缓缓醒来，感觉腿肚背面抵擦着光滑凉快的床单。多可鄙的奢侈。等我吃过早饭回到房间，发觉平常的痛楚又回来了，我安心了。

那张怪样子的德国床了无装饰，清空我身体历来的记忆。此时这效力益发强烈，因为卡尔斯鲁厄似乎本就一心排斥我。我在卡尔斯鲁厄没有目的，根本没有来世上的道理。

我多怀念真正的自己，水槽咸咸的硫黄气息，发霉的拖把，在早餐桌子底下拆解平头钉靴子的红眼睛小孩。

坐在坚硬没有帷子的床上，看得出来，能证明我是什么、是谁的东西已被细细抹去。唯有一个女仆还透着些许个性，她那些显见的怪癖，我先前视作英国人特有。我搁在梳妆台上的私人小物件，她熟练地重摆了一遍。这类祭坛是他们在洛厅一再筑造的。当初麦齐和艾尔西反复干涉我妻子对保育间的精心布置，着实让她苦不堪言。比方说（例子可能有二十个，且举其一）在我们女儿生命的最后阶段，有台给她别样安慰的小铜灯笼钟——我们称它为"爱丽丝的钟"。我妻子喜欢让这件小纪念品放在壁炉台中间靠左,悲痛中,她纠结于它的确切位置,变得十分暴戾——要恰好在中间靠左,再转出点角度,好从床上看得清楚。

可女仆偏不听。女仆爱乱来,有了俩女仆,坏事也翻倍,她们轮番(麦齐被"叫去收拾",艾尔西便来忙活)把钟移到壁炉台中央,调整得跟墙壁平行。艾尔西的做法留给我妻子两个选择:辞退她或者索性不要钟。最终她觉得还是"钟丢了"比较省事,但可怜的艾尔西,结果害了神经病,在往后伺候我们的五年里,老惦记着那台"该死的钟",悒悒然疑心哪个仆人才是"那一个"。

其他女仆的整理我都没谈,恶果最后蔓延到了保育室之外。所以在卡尔斯鲁厄,当我终于发现我的袖口链扣、罗盘、儿子的珐琅小画像、一包卡片、钢笔、沙弗林金币盒子和所有生活小用品都像是被喜鹊鼓捣了一通,唉,我——习惯使然?——有点焦虑。噢上帝,我想,这下要有麻烦了。

梳妆台中央立着我的图纸,颇像纳尔逊纪念柱[①],这方尖塔周围的物件,成了膜拜的臣仆。这会儿图纸上的装饰再简单不过,开头我只看到是条品蓝色的线,后来才晓得系着

---

① Nelson's Column,位于伦敦市中心的特拉法加广场,纪念死于一八〇五年特拉法加海战的海军上将霍雷肖·纳尔逊(Horatio Nelson)。

一张便条。

我不愿碰这件女仆的作品，可我如何能抑制好奇不看附着的便条？身为"好哥俩捡游戏棒大赛"的冠军，我稳稳拆开线，不在话下。笔迹未脱稚气，倒也不难看。我读到：*Wir bauen die Ente*。①

说不清为什么这会令我脖子上汗毛直竖。是害怕我妻子或那女仆？我赶忙去查词典，查到 *Ente* 是"鸭"的意思，你可以考虑我当时的感受（在这个城市，人人知道关于我的一切，最单纯的行为也能引起敌意与猜忌），你可以想象我当时猛跳的心。

可字典还是嫌太小，我奔去找一位活翻译，当然咯，此人便是贝克太太。

她从账册上抬起头，带着笑，我头一回注意到，她整个人虽如一块挤得干巴巴的布，一双棕色的小眼睛却温柔又警惕。我寻思道，你是个寡妇。

"谁是 *Ente*？"

"先生，那当然是只鸭子。"

"这句话说鸭子怎么了？"

她把那张小纸条放在柜台上，蘸了蘸笔——一边在笑——纠正那孩子的笔迹。

---

① 德语，"我们制作那只鸭子"。

"布兰德林先生，"她说，"我们为您做份鸭子，没问题的。两小时就好。"很明显她弄错了，但我不想争辩。生怕进一步破坏她对我的看法，虽然吃不下，我同意付钱买只鸭子。

"现在你必须走路，布兰德林先生。你必须保持健康。你是在德国，你必须锻炼。过两小时，你又可以吃饭了。"

我本来还要问她几句，但男管家——一只瘸腿怪物——偏挑这时候跟拖洗客栈前门台阶的老妇拌起嘴来。"走路吧，布兰德林先生，"贝克夫人喊道，奔向冲突现场，"你会高兴的。"

我漫无计划溜达起来，同先我而至的游客一样在小街闲逛。我什么也不关心，就想知道纸条的意思。我很怕这会招来敌意。

沿街的钟表铺跟昨天一样多，但我对它们没兴致，便走上通往乡下或者教堂的道。我想进教堂看看总不致遭到责怪吧。结果当然啦，那是座天主教堂，我想我还是离开的好。

几条后街与一个英国地方小镇无甚大不同，店老板用粉笔将商品名写在门柱上。所幸我认出了家文具店，成功购得一只信封、一枚邮票（"Brief-marke"），要给我儿子寄信自然少不了这两样。在一处空落的露天啤酒店的栗树下，我找到一张椅子。我从笔记本上撕下一页，向佩西描绘起那台微型旋转木马。我记性相当好，涂满了整张纸的两面，又写了第三面，详尽记录下那些小人和他们的动作。我鼓励他把这看成一个充满希望的起步。我有望，我写道，在下封信里带给他更多好消息。我是个骗子，可我还有别的选择吗？就算我不在，"吸引鼓舞"也必须尽量维持。

我回到客栈，毫无食欲，贝克太太旋即领我走进毗邻主餐厅的一个单间。屋里镶着深色木板，四壁挂了一些过时的花毯，图上据说是"罗马尼亚猎人"。窗子相当小，光线昏暗，像在办葬礼，连这个和煦的春日中午，也得点蜡烛。好一会儿我才看出角落里坐着个大块头男人。

他用低沉的嗓音对我说："*Guten Tag*。"

他一副当兵模样，像个穿不惯便服的少校。

一个侍者走了过来，看他低头那样子，他要是条狗，耳朵准耷拉在脑袋上了。此时我为鸭子的事恐慌不已，便试着点份煎蛋饼压压惊。

"没问题，"他说，"*Immédiatement*①。"

"你在卡尔斯鲁厄过得还成吧，布兰德林？"

布兰德林？我脖子上汗毛直竖。他是个壮汉，脖子跟剃得光溜溜的亮脑袋一般宽。他的眉毛又黑又浓，其造型显然是为了配合他狂乱修剪的八字须。

我心想，是你写了那张纸条？同时我又想，这太荒谬。

---

① 法语，"马上就来"。

两个侍者（*Immédiatement*，还真是）就给我上了——没有煎蛋饼，没有啤酒——一只鸭子，配着水果、肉桂和其他在布丁里看到才比较像话的诡异原料。

那陌生人盯着我，在软座靠背上伸伸手臂。他身前没放任何东西，除了一本册子，他似乎在上头画素描。我突然想到，他虽长着副宽肩膀，却是个伪装成大老粗的艺术家。他透着股倨傲，同马希尼先生为我妻子作画时，在我家进餐的各色人等颇有共通。

"你的饭很不错。"他说。

我没作答。

"你就是那个拿图纸去找哈特曼的家伙？"

叫我"家伙"？我没听错。"恐怕我不认得什么哈特曼。"

"钟表匠哈特曼，"他不依不饶，英语说得像是被个伦敦老妈子奶大的，"你跟他说了你的图纸。我想你是布兰德林先生吧？"

"是吗？"我说，"确实。"

"你把哈特曼吓得裤子都掉啦。"一支雪茄点上了，在火光中，我看到他的手臂把夹克衫绷成了什么样子。

"哈特曼先生不是本地人，"他说，"不过就算他是卡尔斯鲁厄的，又有什么用呢？那帮白痴搞不清自己是谁。他们费尽心机想当普鲁士人。他们活在梦里。"他说。

我尽力吃着饭，可实在吃得不太好。

"你知道我在说什么吗？"这恶棍质问道。

在自己国家，我大可无所顾忌装聋充瞎。在卡尔斯鲁厄我就不知如何是好了。

"他们活在梦里。"他不罢休。

所以我最后对他说："我听不懂你的话，先生。"

"那么，"他道，说着站了起来，"我想是时候跟你一道了。"

看到这巨人走过来我吓坏了。要是我弟弟，保管会逃离房间。但我，亨利·布兰德林，端坐如一只巨型英国兔子，任凭这"家伙"把他的皮册子搁在我的饭旁边。这本饱受虐待的册子，页与页之间夹了无数张另外的纸，尺寸不一、颜色各异。全由一根皮带扎着。

他用德语向侍者喊话，后来知道他要的是烟灰缸。这点要求满足后他将注意力转到我的饭上。根本不同我商量。我本该叫他放规矩，但我却像在给裁缝当模特似的乖乖坐着，任凭他熟练，你可以说如外科医生动手术刀般，运用黄油刀柄分解菜的各成分，每切一下就问一个问题，不是问我，而是问仆人。最后他吩咐把菜拿走，或者说，至少从结果看他的话是那个意思。

"接下来我们要来点科涅克白兰地。"他宣布。

我心想，也许他是个镇长，是个出身卑贱的粗鄙农夫。我心想，祝你的科涅克交好运吧，老兄。

"你笑什么，同志？"

"他们只卖啤酒。"

他笑笑，不过并不冒犯人。"同志，他们活在梦里。"

我耸耸肩。"说起科涅克，我或许该送你同样的话。"

现在他站到我对面了，毫无疑问，他的裁缝没给他好好量身制衣。不过那件绷紧的夹克有个大口袋，似乎是特意做来装一副纸牌。

他发了张牌，低着脸。"你知道这是什么吗？"他问。浓重髭须的阴影中，他是不是在笑？

我显然同一个牌技高手打上了交道；朋友们都担心我好骗，但这次我不会重蹈覆辙。"要是你巴望我翻牌，你就打错算盘了。"

"不，"他敲敲牌的背面，"我是要给你看这个。你就活在这个梦里面。"

我第一次直视他的眼睛。它们是非常深的棕色，简直可以说是黑色。我不怕他，但他势必是头又凶猛又怪异的野兽。"这是张卡尔斯鲁厄的图片。"我说。

"那在英语里的意思是'卡尔的歇脚处'。你当然看出来了。可你并不晓得是卡尔梦见了卡尔斯鲁厄。就是说，卡尔三世·威廉[1]，巴登-杜拉赫侯爵。他睡着时做了个梦，梦见

---

① 卡尔三世·威廉（Karl Ⅲ. Wilhelm von Baden-Durlach, 1679—1738），德国巴登-杜拉赫侯爵，一七〇九年至一七三八年间统治巴登边区。他在一七一五年创建了卡尔斯鲁厄。

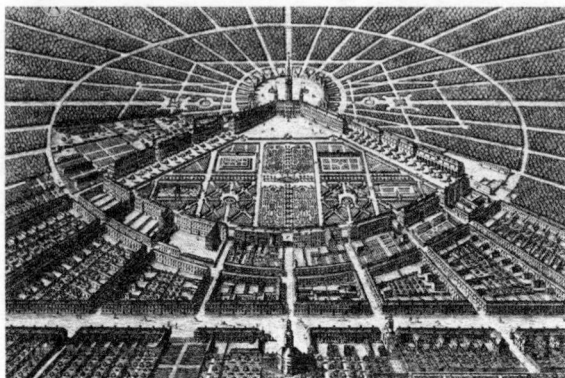

背面。德国纸牌，约 1820 年。

的东西你也看到了，就在这张牌的背面。那么你看到了什么？"

"很明显是个环状物。"

"很明显，布兰德林先生。其实是个机轮。"

我又想道，他究竟是怎么知道我名字的呢？从那本乱糟糟的皮册里他拈出一张破烂的纸，是一份钟表机轮和齿轮的目录。

"你不是个钟表匠。"我说——桌面上的那双手太粗大，怕是连鞋带都系不利索。

"你到底为什么要跟哈特曼那个白痴说呢？你来到了机轮的发祥地，却去同那个愚笨的资产阶级小商贩谈。知道你究竟身在何处吗？"

我心想，大概他们相互间说话就这个调调。

"你想要台布谷鸟自鸣钟。"他几乎要哼哧笑出来。

"不是。"我说，可他非要我仔细看下一幅钟表机轮的雕版，注视着我，满眼是那种神志不清的人目光里透出的愚蠢兴奋劲儿。他有他的道理，我明白。你若是卡尔斯鲁厄人，自然懂得轮辐和金属轮辋。

"你见过跑动机吗？"

"跑动的机器？"（我的老天，我心想，那还真不寻常。）

"为了上帝，干杯，不，当然不是。要是真发明出这种机器，什么地方最合适？"

"想必是卡尔斯鲁厄。"

"给。"他叫道，从他的宝贝中又拔出一件，用硕大的手递上来——一张卡片，就像制造商有时候会插在他们的烟丝听头里的那种。"好好看看，"他命令道，"你把太多钱用来做衣服了，买书上花销得太少。"

是幅彩色版画：一个家伙骑着台两轮装置。

"这是卡尔斯鲁厄的德莱斯先生①。"他用宽正、肮脏如园丁的指甲轻敲那家伙的头。

我说："你干吗给我看这个？"

----

① 卡尔·德莱斯(Karl Drais, 1785—1851)，德国发明家，发明了现代意义上的第一辆两轮脚踏车"运行机"(Laufmaschine)，即文中所说的"跑动机"(running machine)。

"这东西是以他命名的。叫德莱斯。"

"你干吗给我看这该死的德莱斯?"

"那样你就不会吊死在鸭子这一棵树上。"他说道,一下仰起头狂笑。我把纸推还给他,可他又拿出一张来。

"这又是什么?"我问。

"我怎么会什么都知道?"

"那你给我干吗?"

"托管。"

"托管什么?"

"我拿到了你的图纸,"他说道,"你也得拿到我的才公平。"

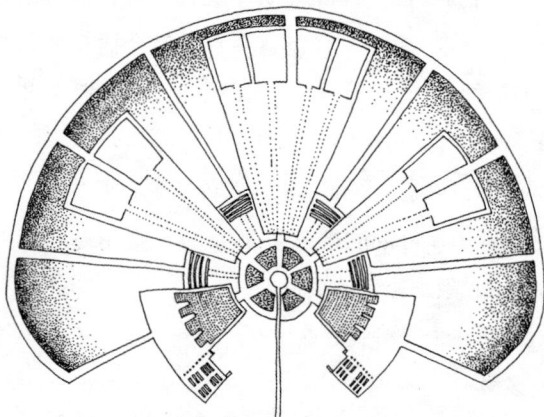

丝纸,有机墨水和染料。来源不明。

"你没拿到我的图纸，"我说，"也别叫我布兰德林。"

听到我的话他将手臂交叉在宽阔的胸前，露出大胡子下面洁白整齐的牙齿。

"抱歉，"我说，"我还有约。"

"那你得去。"

他毫无道别的表示，只是平静地坐在那儿，大鼻子戳进烈酒里。过了一会儿，待我沿漆黑、曲折的走廊摸进自己房间，我发现图纸不见了。

我瞧见我可怜的宝贝儿子的相片，又黑又大的眼眸，残存的悲伤。知道离开他是罪过。我冲下楼梯回去。我起了心要拿黄油刀刺瞎这流氓注视的双眼。不过，你当然已经看得出来是怎么回事。我一如既往是最后一个明白的。是的，我发现隔间已人去屋空，发生的事了无痕迹，什么都没有，徒剩两只空科涅克酒杯和一张扑克牌落单在桌子底下。

我从来不是冒险家。我不适合冒险。我若是他的"好哥们"，就该待在家里。

凯瑟琳

我害怕去看公墓。但我不会抛弃我的爱人。我铺好床，把衣服扔进洗衣机。我扫掉地板上的玉米片，洗干净威士忌酒杯。我收拾完酒瓶，给自己泡了杯茶。我坐回桌子前。我找出劳拉西泮，嚼了一片。才八点钟，所以我想我可以同亨利·布兰德林待上一段时间，就一小会儿。我翻开笔记本的下一页，发现一张卡尔斯鲁厄的明信片别在生锈的别针上。接下去两页间，还零落夹着几张剪报，可后面就全是白纸了，每一张每一页。我的喉咙哽住了，直到那时我才明白，我一直指望着亨利继续。如今我看到他不干了。要我说，茶叶箱里的那些册子怕也是空白的。

正找着工作服，我突然意识到今天是星期六，没电话可打，也不能找个借口进工作室。

"若无特殊情况，周末不允许在工作室办公。"

我洗了个澡。我躺在温水里，看到长着水草般毛发的可怜身躯，它瘦骨嶙峋，它无人问津。我哭了。搽上洗发剂和护理液，洗完头我又哭一场。即使身处浴室，你仍能感受到热浪，那些个汽车引擎，通向天界天外的高速公路。我弄干头发。我有一头秀发，听人这么说。我给红肿的眼睛涂了点Preparation H 药膏消炎。

我不知道他们把马修藏在哪里，但给公墓打完电话，我却差点被柔情融化了防御。我是那么全副武装。我原以为他们会问我是不是"他太太"，证明我的身份。可这小伙子全不是那样。他说话带可爱的西部腔；他耐心地等我找笔写下分块号和方位。他说那是公墓里非常漂亮的地段。他昨天去过那儿。绿树成荫，酷热里"绝佳的纳凉处"。

我本来还要推迟一阵，但刚过十点我晓得"楼上的"回来了，那位前下议院议长决定要修草坪。声音太恐怖。我走了。

我可以坐贝克卢线去肯萨尔园。我向来不喜欢地铁，但今天似乎愈加嫌恶。后来我知道这是四十年来最炎热的四月天。站台上有一百十七度，但我并不知情。当我开始心慌，幽闭恐惧症袭来，我只觉得过错在我。我心想，我不能服输。

可在大理石拱门站我逃了下去，冲上了自动扶梯。我对自己说是去买花，可肯萨尔园才有花卖，大理石拱门没有。随后我拿定主意坐公交去。焦虑得无心看地图，我坐了去威士伯路的车，因为知道它会经过哈罗路，而公墓就在那条路上。

我错过了哈罗路的站头，到后面才下车。我想，正好休息一下，平复心情。马修被困泥土之下，正残忍地鼓胀，他全部的美变成了一个工厂，生产沼气、二氧化碳、臭鸡蛋气①和氨水。想到这些，我不禁胆寒。

走上四十分钟我就能见他了，可我不想看到零碎不平的泥土。我决定等长出青草再回来。于是转过身子，背对他向诺丁山门而去。马修，我心想。原谅我。你实在不该这样抛下我一人。但你真就是这么做的。

白皮肤粗腿的英国人穿着短裤招摇而过。马修高高瘦瘦。他有着最神气的腿。天潮湿得一塌糊涂，天幕低垂、轻柔，非常非常忧伤。

我不敢回家面对我的一无所有。我害怕将至的下午和晚上。所以我决定试试看说服他们放我进附楼。我最终到了伯爵宫，可去奥林匹亚的短驳车挨不住热自杀了。我由那儿往北走去奥林匹亚，没注意到背后的天正变得多黑。就这样我跌跌撞撞走到了房产经纪人称为"布鲁克格林"的地界。

而我肯萨尔园宜人树荫里的男人，他是精华中的精华；我想着他该有多喜欢这里——特别是小酒吧间。金色光亮里的店铺非常养眼，我来到一条两旁立着灰色和浅色房屋、非常僻静的街道，街角有家店，我暗叹，真好看啊，走近一瞧

---

① 即硫化氢。

是爿非常特别的铺子，卖非常、非常简单朴素的包，此时我正急需一个。打烊了。但我又看到有个女人在里面，她向我走来，一边开了灯。此人怪异而干练，约摸五十岁，不过极为精瘦，身材娇小，带着那种既严肃又滑稽的特点，通常被视作法国人所有。她的头发深灰，修得很短，但修剪费用不菲。她开了门，皱着眉，仿佛知道我的爱人死了；买东西这事儿，我连想想都是不光彩的。

"你得赶紧了。"她说道。我不晓得她是在说暴风雨。

她转身走进店里，更衣室钩子上挂着一只我见过的最朴素的包。黑色皮革，柔软轻盈。我将包一掂，它便消失在我臂弯里，像会融化一样。包里有两只完美的钱袋，一只带拉链，一只不带。最妙的是，衬里是孔雀蓝丝绸做的。这样一只包，就是应该用来把亨利·布兰德林偷出附楼的。

她是意大利人，不是法国人。她说一百镑。

她说不好意思，问我是否介意付现金。我刚好带够了。

她袋子都不装就给了我包，随后坚定却礼貌地，将我推出门外。

霹雳肆虐，哧哧的声响不绝。雨还未落，但天空漆黑，渗开如一幅罗思科①画作。这时从拐角处来了一辆出租车，

---

① 马克·罗思科(Mark Rothko, 1903—1970)，美国抽象派画家，抽象表现主义代表画家之一，生于俄国，以颜色为唯一表现手段。

黄灯闪亮，煞是可爱。我刚进车就下雨了，大颗的雨点像甘油打在挡风玻璃上。我瞧见闪电击中了自然科学博物馆，或者说，看上去就是那样。

行至肯宁顿路，我本该直接进去，但我让出租车在外卖酒铺前放下我，马修管那家店叫"小卖部"，我用万事达卡刷了一瓶科涅克白兰地。待我出门，眼前是一片黑，唯独一抹奇异的黄光亮在屋宇间。我以为雨停了——也许确是停了——可我刚穿到马路中央，竟下起了雹子，大块大块，像酒店的冰块，河里的石渣，残忍无情地猛拍我裸露的头和未加防护的肩。到厨房了，我浑身火辣辣刺痛，全湿透了。我看着花园里骇人的雹子在积聚。君何故弃我于不顾？

2

雹子和恨意，像疾驰的火车在咆哮，往死里砸向整座后花园，不知是碎玻璃还是冰渣子，这会儿已有两英寸厚。天竺葵瘪了，月桂树垮了。天晓得我的邻居怎么了，但我的视野中央，是他丢下的割草机。

我在浴室里检查那些该死的伤痕，不过没看多久。很快我的头发干了，我身披晨衣坐在厨房桌子上。我把布兰德林的本子轻轻放进新买的手提包。试着走了两步，我想得没错——包能恰好贴合于我的手臂和胸之间。我太专注、太心急要细读笔记本，或许忽略了满地冰雹上方古怪的雾霭。可我到底抬头看了。出太阳了。整片花园成为金色的奇景，超绝又特异。

就在那一瞬，我感怀神奇。那一刻我忘却愁苦。我伸手拿笔记本电脑。正将它拉近身边，突然明白了我缘何充满期待——我是打算告诉马修啊。

我吻你的足尖。标记为未读。

克罗夫蒂新来了封邮件。他写道："弄好了。"

我想，你怎么能把什么都弄好呢？接着我懂了，他是读到我粗鲁的邮件后觉得：我绝对是个讨厌的笨蛋。于是他小心翼翼、体恤人情、悄无声息地从我工作室里搬走了那些该死的茶叶箱与箱子里的东西。

他完全是按我的要求做的——拿走我的研究项目。为此他还付了人加班费。这就像个带道德训诫的童话故事。怪我自己的臭脾气，亨利的笔记本统统拿不到了。

我启开科涅克，直接拿酒瓶喝了一口。我找出斯温本员工号码簿。

"你好，是阿瑟吗？"

"阿瑟刚出去。"

"我是楼上钟表专馆的贾里格小姐，在四○四工作。"

"他们走开了，贾里格小姐，走了差不多有十三分钟。"

"你吃到雹子了吗？"

"确切地说，小姐，阿瑟准是吃到雹子了。要不要我给他个信儿，如果那小子还活着？"

"克罗夫特先生在吗？"

"他跟阿瑟一块儿待了足有三个钟头。然后他俩出去了。"

"他这会儿在'狐狸与猎犬'？"

"我猜是在舔伤口吧。"

我敢肯定他俩花了一下午搬走我的箱子。再也没机会读到那些笔记本了。我说不出话。我挂了电话。我打回去道歉说我不该挂。我说星期一去见他。

我并不去想，钟表专馆的馆长为了我生生把自己变成了搬运工。我只看到整个星期天我都要承受这新加的创痛。那好极了，我不能一蹶不振。我打开落地窗的锁，顶着冰雹的分量奋力往外推。我爬上冰块嘎吱响的三级台阶，到园子里，把那台丑陋的割草机移出我的视线。

干完活我两手沾上了油和橡胶的气味。萨福克郡，离贝克尔斯不远的矮树林里有一处小马厩，我在那儿度过的夜晚就是这种芳香，躺在舒适的架空床上，下面停着一辆我们修了好多年的老"迷你"。那是马修的地方，他拥有的。我们的爱情闻上去就是那样——油、橡胶、交欢时发霉的淫荡气息。我的身体沐浴在树叶的阴影与那辆 A12 一侧的车头灯光里，我享受了此生最快乐的一个个夜晚。

此时我坐在肯宁顿路，闻着沾满油污与橡胶的手，我不再想亨利·布兰德林和他的鸭子。冰融化了。空气湿润。当微风挟着青草香吹进我敞开的厨房窗户，我忆起躺在小马厩的床上，听萨福克甜蜜的雨落到我们脆弱的屋顶。

3

星期一早上我按响附楼大门旁的电铃，栅门在中心僵僵地转动。那一刻起就有摄像机盯着我。

接待处在我左边，阿瑟在那儿。我没有正当理由，不好直接问他茶叶箱放去哪儿了。

"早上好，菲尔普斯先生。"他抬起头，我看到他眼皮肿着，像酒醉没醒似的。

"为了我你礼拜六都在工作。我欠你一份情。"

老家伙捋了捋银褐色的头发。"我得说克罗夫特先生把事儿弄好了，贾里格小姐。他派给我的活差点要了我的命，还请你容我这么说。"

我刷了刷身份证。第二道门。摄像机跟着我，但我包里啥也没有，除了羊绒披巾、钱袋和劳拉西泮。门开了。另一台摄像机录下我的行动。不消说，我有千百个日子重复如此，身陷数码的囹圄里。我迈上两级台阶，刷了最后一次卡。

我打开工作室的门，面前不是空空荡荡，而是茶叶箱。

我好像轻轻叫了一声。大概被拍下来了。片刻过后，那团破《每日邮报》展开了它皱巴巴的内里，酒椰绳仔细扎着的，正是亨利·布兰德林的笔记本。

在工作台前，我发现第一本上，每一页的笔迹都涂得满满当当。所有本子，每一册。在这片连绵起伏的句子冲成的恶海里，竟无一页是空白。虽然我想一下子全要，可我只把其中四本放进了四个密封袋，再藏到手提包里。随后我将剩下的本子转移到通风橱高处的架子上，没人会想到去看的。还有整整九册等着我读。

直到把赃物挂上门背后的钩子，我方才察觉，屋里的摆设已跟星期五晚大不相同。在房间靠左手边的角落，近门处，也就是我一开始进屋时左边肩膀的后方，有一张泛着彩虹光泽的灰色油布盖在几件东西上，最大的那个大概有四英尺高。

我脑海里浮现出一条搁浅的虹，《甜蜜人生》中那被冲上岸来的不死不活的东西。回神细想，我明白了油布下面必然是什么——一上一下两个圆柱，由重力驱动，三十根杠杆，可与鸭子骨架的各部位相连，带起它喝水等等，如里斯金所说。明明白白，我掀开罩子看到的，不会是只抽烟的猴子。如果说，片刻之后，我便把它放了回去，那倒不是因为机械的精巧构造，而是因为它旁边的一件木头。说到底那个也不算什么，根本不算什么。就是个木船壳，也许先前是装这台机械的，可我却白日做噩梦，混沌沌想见一具没火化干净的尸体，一场烧成焦炭的烤食野餐，一重黑暗无形的恐惧。身为专业人员，我熟悉这漆黑的底面，但我眼里分明是一只巨大双壳动物的外壳，硬邦邦，表皮剥落，被从焦油中掘出来。我闻到了纳旁、杂酚、烧焦的猪、死亡。

收件人：*e.croft@swi.ac.uk*
发件人：*c.gehrig@swi.ac.uk*
主题：支气管炎
抱歉。确诊了。

没过多久我在楼下登记外出。
"你在发抖。"阿瑟说。
我迅速穿过栅门，手臂紧紧夹着赃物。我心想，亨利·布兰德林，你怎么了？他们偷了多少钱啊？

亨利

都逼着她问了，贝克太太还是装作不记得隔间里的男人。

"如果布兰德林先生您指的是那个英国人，那位先生的账已经结清了。我就知道这么多。"

"我才是英国人。"

"是的布兰德林先生。"贝克太太说道（难怪"贝克"和"尖刻"押韵，这个尖刻的小矮子）。"布兰德林先生您也是英国人。可那个英国人，"她张开精瘦的细胳臂，比划着那流氓的肩膀，"他付钱了。"

显然我是被那类专找旅客下手的骗子给耍了。我一巴掌拍在柜台上，惹得贝克太太蛮不高兴。

"他是德国人。"我说。

"不，英国人。"

我元气大伤。抛下亲儿子，我换来了什么啊？一张牌？

"那女仆怎么样了？"我问道。

女仆？什么女仆？回了我一通。难道贝克太太也是一伙的?

"我房间的女仆。"

"你房间的女仆，"贝克太太说，仿佛在讥笑我的英语语法，"你房间的女仆走了。"

"显而易见，"我大叫，逼视镜片后面的她，"显而易见，这些罪犯不会单枪匹马的。"

"布兰德林先生，现在是春天。她要回黑森林的老家。本来就要去的。每年都一样。"

"她把我的图纸带去黑森林了！"

"布兰德林先生，你我都知道这不可能。"

"准是的，贝克太太，相信我。"

"这些图纸，跟你给哈特曼先生看的是同一些吗？"

"那就是我的图纸。没有其他的了。"

贝克太太在墨水池里蘸着钢笔，不再理会我。

放在国内我早差人叫警察了，他们自会把仆人统统镇住（就像我妻子两次弄丢婚戒时那样）。

我告知贝克太太我要回房写控诉状。估计她没听懂我的意思，而我自己又怎见得就知道呢？我要写什么？用英语写吗？我去向谁提出指控啊？不行，我得保持沉默。除了预定新图纸外别无他法，那些制图员可以重新复印《伦敦新闻画报》，尽管我弟弟会跟他们说清楚，"亨利先生的要求比第一次还惹人厌"。

可是，难道我的小男孩儿不才是最重要的家族事业吗？他姓布兰德林，鲑鱼初离淡水入海前就叫这个①，幼鲑、幼茵、三龄鲑、胡瓜鱼、幼鳕，或者说布兰德林。必须让我弟弟看到，佩西是我们的未来。他又没有子嗣。

我爬回老巢，躺在床上。睡了多久我不知道。我被一阵老鼠的窸窣声吵醒，原来是有人在往门底下塞纸。我猛地跳将起来。

我吓坏了女仆的儿子，他跪着，手持信封，那双蓝眼睛惊恐地大睁。我抓住他细长苍白的手腕，把这一瘸一拐的小东西拖进屋里。他在我的臂膀里猛摇、乱撞，像只陷阱里的野兔或者说穴兔，我感受到他沾了磁力一般的生命在起伏翻腾。我一脚踢上门，一边扣住他另一只手腕——就算他指甲里藏着虱子卵，它们也难在我皮肤下面找到容身之处。

身陷牢笼——我的小犯人，在刷得煞白的房间中央，摇啊，哭啊，手里攥着皱巴巴的信。接着是"砰砰砰"的敲门声，把手被拧得嘎嘎响。共犯——"房间的女仆"——来了，她小麦色的头发上包着一块红方巾。这第二方人物就无须拉拽了。事实上她冲进来抱住了她的孩子。她亲手新铺的床朴素至极，就在床脚下，她亲吻他的头，怒视着我。我是个畜生。男孩紧贴住母亲，又怕又恨地盯着我，凶恶的眼神

---

① Brandling 有"小鲑鱼"的意思。

里透出的意志远强于我。都到这地步了我还是希望他喜欢我，这个小仇敌。

我先前认为他母亲相当漂亮，但现在我从她张开的纤弱双唇里，看到一切快乐都是有条件的。她的肤色同英国女人一样美好，可那双贼手不干不净、又粗又丑。

"还我图纸来。"我说。

她对犯下的罪倒是一清二楚。

"先生，您的图纸很安全。"她说道，她英语的水准同她的身份颇不相符。她暴露出她太有文化，当女仆让人放心不下，除了怪人宾斯，没哪个我的相识会雇用她。

我说："它们到合法的所有者手里才安全。"

她竟敢反驳我。

她说道："它们不可以继续放在卡尔斯鲁厄。"

真怕我会轻蔑地笑出声来。

"还是把图纸拿去有人能看懂的地方比较好。"

她胆怯的样子不见了。我想，好，我是对的，碰上歹人了。

"我的图纸送去哪里有人能看懂呢？"

"富特旺根。"

谁听过这滑稽地方？

"不过就算富特旺根也是庸人当道。"

我正要盘问她如此言之凿凿有何根据，却看到那孩子偷偷拿出一堆色彩鲜亮的小积木，然后是——从哪里鼓捣出来的呢? ——一截直径大约四分之一英寸的粗钢丝。我静静看着他敏捷地搭好一座弓形的桥，那些红、黄色的积木，块块受了看不见或者说神秘的发动机驱使，循轨迹滑落、弹起。

真是件好玩的装置。哪个对骨肉日思夜想的父亲会不喜欢这样一个孩子?

这男孩的嗓音像小铃铛。他说起话来实在悦耳，我一时没听懂他是在说我的语言。

"他是为您儿子做的，"他妈妈说道，"您把它寄去英格兰，您儿子可以一边玩一边等爸爸回家。"

他们怎么知道我有个儿子?

"我很感激，"最后我说道，"但你儿子不必给我儿子买玩具。"他们看到佩西的相片了。没错。

"他没买，"她说，手掌扣在他后脑勺上，"他是做的。晚上做的。"她多么爱他啊——说着说着就激动了——但就算制作者手很巧，做出来的东西也精妙，我还是得表明我的怀疑。

"你错怪他了，"她说，所有敬意瞬间烟消，"是他做的。他划伤了自己，会因为粗心而受罚。"

看得出来他是个非常认真的男孩，他前臂上缠着白绷带。其实是他凝视我的坚定眼神击败了我，我退而去看信封里的内容，一手英文书法相当考究——"布兰德林先生，我们会做出鸭子来。马车已备好，带您去找钟表匠。"

"您不用花一分钱，"那女人急忙说，"我们会带您去富特旺根，到了那儿，鸭子会按照您的意思制造。"

除了笑她我还能做什么？

"我骗您干吗呢，先生？要是我说谎，您就把我关进监狱，让我家破人亡。来吧，先生，请来吧。您不能把这么一台好机器托给一般的作坊主制造。"

"不找作坊，又怎么造得出这种东西呢？"

"你会见到他的。他是桑佩尔先生。"

"就是桑佩尔先生抢了我图纸吧？"

"不，他是去富特旺根等你。"

从我进哈罗公学的第一天起，我这轻信的性格就是笑柄，说来奇怪，取笑我的人照例是那些靠不住的——你们自己的为人也一塌糊涂，有什么好得意的？

先考虑片刻。如果你是我，会不会断然拒绝上贼船？那么做，会伤你儿子多深啊。你会错过怎样一次旅行，奇异非凡；旅程的第一阶段，沿莱茵河往南，既唯美又宁静。换句话说，我将性命交付给了一对母子，听凭自己——着实是个相当无趣的家伙——被搬进，非也，是抬进黑森林，那地方我以前只从"刻毒兄弟"①（我妈给起的名字）的书里听说

① 亨利·布兰德林的母亲将"格林兄弟"（Brothers Grimm）谑称为"刻毒兄弟"（Brothers Cruel），概因原始版本的格林童话中有不少残暴场景。另，《灰姑娘》和《白雪公主》的故事便是发生在黑森林。

过。途中很长一段——我是独自在马车里经历的，那一小队绑匪则高坐车顶，经常扯开嗓门大唱——颇为孤独，可比起过去两年，却也平静得多；那些日子我总害怕保育间的枕头上出现血迹。

第一家客栈招待殷勤，虽然不大干净。我要了蜡烛给佩西写信，把那个聪明的瘸腿男孩、他亮眼的发明和我即将进入阿里巴巴山洞的冒险，一字不漏讲给他听。先前早有安排，我将信寄给好友乔治·宾斯，他答应周六和周四下午来我家为佩西读信。

第二天我们驶入了黑森林深处。林间的路美如画，尽管很陡峭。一切都特别不格林。处处是美好与乐景——暗绿色的森林，亮丽的草地，精心看顾的花园，注满山间、潺潺而过的溪流，小川与小河，更别说那些古雅的房子，沉重高耸的屋顶，明亮的一排排闪耀的窗户，雕花走廊和屋里居民——怪异不寻常的一族——女人穿着紧身胸衣和鲜亮的衬衫、围裙，头上是匀整的尖头小帽，垂下的大辫子唯有自己的丈夫才有权解开。我希望再次当上能过这种两人世界的丈夫。

所以，有时悲伤，也常常孤独，但我这辈子还从未一尝真正的冒险。关于我的机器人我想了很多，想它如何在尚未获得生命前，已显现出重布星辰的能量。

摇晃的马车继续上行，直到日光显出那种极高海拔特有的忧郁白色。然后我们到了只有草与灌木才能存活的不毛之地。车顶上空一片沉寂，只怕我们目的地的景致会迥异于沿途所见。眼下的草地是枯萎的。土地是泥炭，虽然就我看到的，住民并没有利用开发。木头房子煞白如骨。在白光里，我成了自己最坏的敌人，自己最好的希望，那群反复无常的布兰德林中的一分子，总渴盼着奇迹降临。

2

曾有人说："就算杯子已经在脚边碎成渣了，布兰德林还会看到里头装着半杯水呢。"哈哈，确实。可难道就没人注意到，乐观的看法往往是对的吗？所以我们忧心忡忡的祈祷才往往得以"满足"。所以，当我们迈下生活中某个贫瘠的山顶，总会走进一条宜人的溪谷，那里有家客栈，非常干净，刷得雪白，窗口花坛里开满鲜花。

我当真进了那家客栈，我与生俱来的"天真"心绪登时恢复了。那个斜白眼的车夫很快就会从客栈高处的马厩出发，返程时带上我的旅行箱。不过他先是跟我们一块儿吃了一碗多汁的火腿蹄筋，喝了几杯醇厚的啤酒。没有危险的征兆，没有死亡的阴影；女贞的每一片叶子都明亮都碧绿都修剪得宜。

美丽的丰收之景勾人流连，就算身穿厚重的海力斯粗花呢套装也顾不得了；我们这一小队人漫步其间，跌跌撞撞。谁能不受同行伙伴的影响？尤其你的伙伴是那个男孩，看他奔跑啊一瘸一拐走路啊蹦蹦跳跳，还向收庄稼的人大喊。他们认得他——卡尔。

我们现在正去的地方或能制造出强力的特效药。我心痒难耐，可说来乖谬，也被这延宕吊起了兴致。看到一个可爱烂漫的男孩儿叫人猜他多重，谁会不开心？他机灵地翻个跟头，从不因瘸腿而自怨自艾。是的，我意识到儿子不在身边——钻心的痛——但只有怀着爱的人才有幸得上这样的病症。

冬天（显然人尽皆知，除了我）富特旺根的男人都扑在布谷鸟自鸣钟上，夏天则在妻子身边劳作。他们是阿勒曼尼人和凯尔特人；他们魁梧、健壮，谈吐和脾性都豁达而热烈。哪怕他们完全不把我放在眼里，我还是喜欢他们。

不久，我们的路通到了一条小溪，卡尔停在泥泞的岸边，又表演起他的积木戏法；红色、黄色跃动，达到了他想要的效果；演出者谢幕了；我们沿溪而行，水流穿过两道无路的山谷和一条阴凉的沟壑，漫山皆是高挺云杉黑魆魆的针叶，间或混杂着栎树和山毛榉相对明亮些的绿色。一条窄径领我们走下一段峭壁，在此处温柔的溪流很快露出了它深藏的本性，这头咆哮的野兽，横冲直撞，泡沫四溅，将身躯猛掷进一处深坳的裂缝，带动工厂的高大水车。我们开始沿原

[068]

生岩上凿出的台阶前行。

到了山顶，我们看到厂房铺展在高原之上，一堆杂乱无章的屋顶，坡度陡、屋檐深。这里空气潮湿得不讲道理，草木青葱，霉味弥漫。背阴的招牌上看得到许多雕刻，颇能唤起对布谷鸟自鸣钟的联想，从这个意义上说，寻访者看了，倒会增添信心。

"桑匹[①]。"男孩喊道。

现在虽已到初夏，也就是说，过了把原木下漂到更大的河流里去的时节，我们还是看到了废弃的栎木树干胡乱堆着。厂房与民居之间的深邃阴影里，一切都酸臭潮湿。成堆旧刨的灰色木屑和新近砍伐的原木有时会挡住道路。铜索，像帐篷缆绳一样，从工厂房屋的顶端延伸到周遭的地面，然后被封进木箱子。我知道，这违背科学的混乱一片并不是对每个人都有安抚作用，但于我，它进一步证明了我的绑匪或许真是伪装之下的天使。

"桑匹，桑匹。"男孩的眼睛里闪着期望的光彩。我心想，接受这趟新冒险是多明智啊。我不禁兴起 G.L.桑德森之叹：

　　　　山穷水尽处，

----

① "桑佩尔"的昵称。

[069]

柳暗花明时。

我们打开一扇发亮的黑门，倒也没地胆草或衣帽架一类的东西阻挡我们直奔中心；走进了一间洞穴般的厨房，天花板低垂，窗户又小又深。正是午后过半，可两根蜡烛和一盏油灯竟已点上了。炉上搁着好几只壶，在冒水汽，我嗅到了烤苹果的宜人芳香。

"桑匹！"

一扇窗户下的大方桌前坐着两个男子，一个瘦小如精灵，另一个呢——对咯，当然就是客栈里那个粗脖子家伙，"卡尔斯鲁厄机轮浪漫学说"的拥护者。那荒唐的怪物，高低不平的秃瓢子在烛光里闪闪发亮，他是卡尔敬爱的人。我让自己适应。我就是这种性格。

然后他跑过去了，两人"嘿"啊"嗬"啊地打招呼；上楼来了，这哥儿俩，男人和男孩，一起飞快冲着，仿佛假日过后重逢的好友。

没人想到向那个穿着吊带花饰皮裤的纤弱男子引见我，我便亲自享受这荣幸。我估计他是个钟表匠。他尖嗓子、谈吐严谨，正是能工巧匠该有的样子——人们不会期待奇迹出自园丁之手。他说他名叫阿诺。

我寻思，亨利，你可到了个你想也想不到的地方啊。我开始打腹稿给我儿子写下一封信。

一阵微风拂进开着的百叶窗。你能听到烤苹果的嘶嘶声，奔淌不息的河，桑佩尔先生和他的小崇拜者之间旁若无人、漾着回声的谈笑。

车夫把我的旅行箱送到了某个地方。我给完他小费，他走了。海尔格太太在厨房里忙活，我坐在桌前自己招待自己。

那胡格诺派[①]的小个子——他自己宣称的——英语讲得极好，他告诉我此地的山里住着一个凶残古怪的族群。如果他是想吓我，可没得逞。博士嘱咐要的正是凶残和古怪。不过眼下，空气里是稻草和陈年烟丝的味道。

整整过了半个钟头，桑佩尔先生和卡尔才手牵手走下楼梯，脸上写满了重聚的喜悦。

"那个，布兰德林先生，"桑佩尔先生最后说道，"你我稍许有点事情要谈。"

稍许有点事情，稍许有点事情。怪了，我还真喜欢听这伦敦土腔。我问这德国佬为何这样说我的母语，相信他当时的回答是实话，不过说着他已经转身往楼梯上走了。

等我赶上他，他正大步走在一条无窗的廊道里。地板向下倾斜，就像布兰德林铁路公司的砾石碾碎机上装的死亡滑道，但如果这是个征兆，我当时可远没有看出来。在走廊矮

---

① 指十六至十七世纪法国基督教新教徒，多属加尔文宗。

的那头静候我的，是我此行真正的目的地：一扇结实的松木门，由三把不同的锁锁着。当然，当然，必须锁上。谁反对我都不会反对。

只要自己有资产，我后知后觉到，一个人可以去任何他梦想的国度旅行。真奇怪，以前竟从没想过这点。到了——走进密室，幻想终成实景，工坊里有形之物的每一个小细节，它具体的事实，都听凭希波克拉底①使用。我看到了机器，当然，一如我想象，但我的钝脑筋从没料到作坊还能建在荒凉的裂隙上，靠水流提供机器动力。每样东西都特别干净、整齐，比如说，有一堆锃亮的车床，一台很大，其余那些的尺寸按惯例是钟表匠用的。最小的那台车床有条帆布带子系着一根转动的圆柱，而后者又靠一条宽带子同锯木厂的水车相连。

听声音，我们正在一道抵着岩石的瀑布后面。

我大声说道，沃康松发明过一台几乎一模一样的机床，眼前的这些是缩小版。

桑佩尔先生怒视着我。

我心想，老天啊，现在还是别得罪他吧。

然后，就在一瞬间，仿佛他身上的传动带滑到一个更快

---

① 希波克拉底（Hippocrates，前460—前377），古希腊医师，被称为"医学之父"。

的机轮上去了，他咧嘴大笑，还朝我身后的墙壁打着手势。

"这是我们唯一需要的沃康松。"

好，你已经猜中了——墙上钉着的，正是"好哥俩"的图纸。

水流的喧闹里，我听见父亲与弟弟的声音，他俩齐齐大喊，叫我别把家族的钱给这混账。

可我不是他们的奴隶。当桑佩尔给我看买材料确切需要多少钱的时候，洛厅于我已是天高皇帝远，我竟夸赞起他的购物清单详尽周到来，尽管我根本读不懂。喧腾水声里的我糊涂涂、乐颠颠，他要求多少就给了他多少 *Gulden* 和 *Vereinsthaler*①。

每把一块硬币放进他深纹路的手掌，我离那东西就近一分。不可一世的马希尼讥笑它是"钟表机械中的圣杯"。就让它是圣杯吧。我掏空了钱包。大步走回坡道高处时，我是志得意满的；我要去半路上的楼梯平台那里铺床。我是怀着何等的欢欣走进卧室的啊，那么简朴那么**斯巴达**，比起我那个被酿酒师家庭的小女儿重新装饰过的家，好太多了。上帝原谅我吧，那种想法丑陋可鄙。这么说就够了：从今往后，我不要煤油，不要粉笔，不要土耳其地毯，不要艺术家的喧

---

① *Gulden* 和 *Vereinsthaler* 分别是旧时在德国、奥地利等国流通的金币和银币。

器，不要衣柜，不要碗橱，不要洗脸台，只需这架非凡的回纹细工床和一组十个的黑色木钉——我数了数——敲在一面墙上连成一线。

我摇开百叶窗，看过厨房昏暗的绿色灯光，我愈发惊叹于眼前的景观，震撼何其强烈——蔚蓝的天，干旱的山羊道像横贯风景画的粉笔线条，透着点蓝的花岗岩间水流汩汩，庄稼人依旧惬意地挥着镰刀，好像这是件毫不费力的事。

我问那钟表匠："什么时候能做好？"

可他已经不见了。下楼时我兴奋得发抖，忙抓住扶手好不跌跟头。

又点了一些蜡烛，男的都在桌前，男孩的头发上溢着火光。

"你饿吗，布兰德林先生？"桑佩尔问。

"不用为我忙活。"我说。

可海尔格太太还是在往炉膛里添着噼啪作响的黄木头。她的脸非常红。

相反，桑佩尔先生却神色冷静。他点点头，示意我应该坐到他旁边。

"要多久？"我问。

他把大手放到我的手上，仿佛这个动作就算是回答了。

我告诉他："在英国我们会说，时间至关重要。"

"在英国还有个说法，你'碰上高手了'。"

"当然，可你多少总有点数，那些高手要多久能完工？"

"我明确知道。"他说道，接过那孩子递来的一只湿淋淋的绿色酒瓶。他温柔地拍拍孩子的头，后者开心地尖叫两声，溜开了。"我明确知道你会实现内心的渴望。"

"是沃康松的鸭子。"

"是你内心的渴望。"他说。

他在耍滑头，当然咯。我看着他分酒，先给了那男孩一点儿，再往自己的啤酒杯里倒空了大半瓶。

"什么是我内心的渴望呢？"

"呵，跟我的一样。"他说着也给我倒了酒。

"*Spargelzeit*①。"他说。

"*Spargelzeit*。"我说，举起杯子。

"用英语说，"那严谨的小个子阿诺说道，他的酒是自己斟满的，"你可以把'*spargel*'翻译成'食用象牙'。"

"*Königsgemüse*。"小男孩动听地说道，欢欢喜喜，任由钟表匠一把紧拥到自己厚实的胸膛上。

"意思是'国王的蔬菜'。"说着，海尔格太太在我面前放了一盘白芦笋和未削皮的小土豆。

所以 *Spargelzeit* 并不是祝酒辞。差得远呢——是诅咒——我吞不进去蛋白、肝脏、脑子、鳕鱼、鳗鲡，一切柔

---

① 德语，"芦笋时节"。

软滑腻的东西。他们给我一盘蛆，也没啥区别。

我这几位富特旺根的伙伴呼噜呼噜吃着，叹气，还发出上不了台面的声响。特别是海尔格太太，她为这鬼模鬼样的 *Spargel* 大动感情，让我好不尴尬。

我挑了一颗带皮的土豆，刮去了佐料。

"吃了吧，"桑佩尔吩咐，一边拈起一长条白色蔬菜，将这幽灵的隐秘器官，吮进上唇浓密胡须下的口腔，"你的伙食费我们到时候再商议。但这顿，你是我们尊贵的客人。"

那土豆吃起来像湿黄麻。芦笋光溜溜在我面前。我切掉末梢，就着酒咽了下去。

桑佩尔眯起眼睛。

"你喜欢吗？"

"简直了。"

他细细打量着我。

"你不知道该怎么尝它，"桑佩尔先生说道，"看得出来你是怎么想的。"

我不作评论。他朝男孩眨眨眼，那孩子便尖声笑起来。海尔格太太捆他大腿，我看了很难过。我推开盘子。

"我们还要。"说着他把我的饭分给了餐桌前的另两个。几个老饕吃完我的饭，桑佩尔抹抹嘴，从餐巾后面对卡尔说话。

那男孩立马跳下椅子冲上楼。干活去了，我想。我搁起自尊，跟上他。

要减轻胃痛，没什么比得上身边待着个认真干活的工匠了。我妻子第一张"画像"动笔后，我经常跑去村里乔治·宾斯的作坊，我这鳏居的老友，他父亲当过女王陛下的钟表匠。在轻轻的滴答声中，我找到了些许平静。所以我期盼在富特旺根也能如此。那男孩溜进了作坊的门，可一只大手扳住了我的肩膀。

"你是资助人，"桑佩尔先生说，勾着我来了个转圈舞步，挡住了我进屋的路，"我是艺术家。"

呵，这当然是胡说。他不是艺术家，他是钟表匠。我早吃够"艺术家"的苦，家里都待不下去了。我心想，你个该死的流氓。真把我惹烦了，非给你点厉害尝尝。

"你在近旁我没法做事。"

所以我还得忍气吞声。

"我想帮忙。"我说。

"好，"他说，"我给你带了这个。"

他在我手上放了本破烂的书，是那种你会在路边小推车上看到的，书页生出了棕色的斑，边缘都翻卷了。

"《本韦努托·切利尼自传》①。英译本。这书会告诉你

---

① 意大利文艺复兴时期的金匠、画家、雕塑家切利尼（Benvenuto Cellini, 1500—1571）的著名作品。

艺术家如何受到资助人的妨害，会教导你如何扮演好自己选定的角色。等你把书读完，我就能答复你何时完工了。"

就这样，为达目的，我不惜放下身段；我，亨利·布兰德林，不仅允许一个外国手艺人装成艺术家，还准许自己没吃顿像样的饭就被送上了床。

3

无眠，回忆是一台旋转木马，件件往事轮番。比如说：离家前一晚，我告诉佩西，我也许要到圣诞节才回来。"多好呀，爸爸，"他说，"我们会有个多棒的圣诞节啊。"

转了又转，那场景再次在我眼前浮现，我们那日的对话，第二天早晨我向我勇敢的红眼睛男孩道别。我根本不应该提圣诞节。我太随心所欲了。我不能对他说：你家"好哥们"的心正在破碎。不知道何时何地我才能获准归来。

"再见，傻爸爸。"他说了。

我心想，谁告诉你那个的？我亲了他两下。我不确定这辈子还能否再见到他。

我在富特旺根分到的房间很喧闹，充斥着水声、没完没了激流的动静和一台愚蠢的水车转动时水下的闷响。

一个又一个可怖的钟头过去，我想着他母亲和我刚结婚的那些夜晚，唯有死亡能将我们分开，我从未怀疑过，转了又转，她又是怎样在我身子下面颤抖的。好沉啊你这壮汉，她毫不顾忌地叫我，转了又转。

好一阵子我都是说一不二的神。只是到最后她才对我的乳房出言不逊。我当时也够傻的，想什么就说了出来，问她会不会是奶妈的奶水有问题，害我们的女儿和小儿子先后得了病。

"那么你是在怪我，"她阴阴地低声说，"好大的胆子。"

"不，"我大声道，"绝对没有的事。"

我才是长了乳房的人，她对我说。我应该当妈。我还巴不得如此呢。我的乳房令人作呕，毛茸茸像狗。我怎么还有脸活下去？她想知道。

只有争吵到最激烈时我才会责怪她出了名的乳房，让佩西眼巴巴看着，从来不肯给他挨饿的嘴巴吃上一口。

在富特旺根我睡着了也在幻想自己醒着。我醒来的国度，是黄金、拂晓、地板和光亮之感。其实，富特旺根的晨曦，论奇异远不及洛厅里我"好哥们"的白色房间，朴素得体的爱尔兰奶妈片刻就会端上一杯牛肉汤。然后他们会坐在一起，等候亲爱的乔治·宾斯穿过花园大门送来信件。

唉，我饿得像一缸胃酸，但佩西必须确切知道我身在何处。我找出笔，在给他的信上标明我当下的方位。按照指示，他便能在地图上找到富特旺根，确切知晓这专为他而造的鸭子在哪儿制作。全英格兰没第二个孩子有这样的东西，全世界都没有。我保证过我会极尽翔实地描述那件作品，那样他就能幻想坐在我旁边，或者像只机灵的小鸟一样栖在缘木上，俯瞰着奇迹上演。

随后，我在信封上开了亲爱的老宾斯的住址。眼下没有客栈老板可以托付信件，我必须弄清楚德国人怎么寄信。

我在富特旺根的第一天开始了。

没有便盆，我就野地里解决，完事后在溪水里洗了洗，被一个坏脾气的锯木工看到了。我或许可以花点小费托一个农民寄信，不过还是算了吧，别找他。

早餐没什么可吃，只有一些涩涩的小草莓，害我饿得更厉害。那个胡格诺派在窗前写东西，除此看不到什么人了。

我问他早餐什么时候上。

"先生，"他说，"人是会习惯的。"

他继续写着涂着。

"想知道我在干吗？"他说。

我不想。

"我是个童话采集家。"他说。

真不得了啊，我心想，我碰上了个童话采集家。下面会发生什么？

我动身找去富特旺根的村庄，一心想把信寄掉。糟糕的早晨。不必细述我的屈辱了。外国人讨人嫌，明明白白。一个男孩朝我扔石头。连牧师也无法理解我拿着那个紧要的信封想干吗；等我被迫站到一边，给当地人让完道，跋涉过一条遍布车辙的路和一条公路，我彻底找不着北了。我花了一下午才找回锯木厂，到那儿时已经饿得死去活来。我的胃绷得像只鼓，尽装着晃晃荡荡的河水。

午后将尽，只有一壶烧开的水搁在炉上。我不会去偷吃的。我要忍，可佩西怎么办？一个小男孩能等多久？

卡尔按时来叫我吃饭。他拉着我的袖子，这小小的友好表示让我温暖。晚餐跟前一天一样。旧日寄宿学校里那些我曾经痛骂不迭的热门菜——面拖烤香肠、煨甜菜、煎面包、青蛙卵——样样比这个强。我现在饿得都能吃蛆了，而且吃完还要添。做东的那几个低头看着盘子，我晓得是我的吃相叫他们难堪，但我已经发狂了。我一个接一个盯着他们，倒要看看他们敢不敢礼尚往来。

临了他们走了，看桑佩尔也已离场，我刮干净了他的盘子，连最后一点芝士酱都没放过。

而后我步入门外的茫茫黑暗，肚子绞痛难耐。

我躺在潮湿的小径上，听着我东家们说话——分明是怪诞的、脸上长着须状羽毛的母鸡你来我往，爆发出此起彼伏的低音和高音，叹息着。有时我醒来听到他们大笑，然后才意识到我鼾睡到现在。

星辰出来了。冰冷的星座下，我被露水沾湿，不好意思穿过厨房上床。

他们英语说得很好，唯唱歌和开名单时不然。后者似乎是他们一大爱好，但究竟是些什么名单我说不上来。人名，也可能是村庄或者地标，我估摸他们能借助这些找到某人的住处。那个所谓的童话采集家一副细嗓子压过了旁人。我想象不出这是为什么，要么他像那些流浪汉，熟知农民姓甚名谁，哪个是"软柿子"什么的。唱啊说啊他们不停歇。不是名单就是民歌。不是歌曲就是蟋蟀。

"看在上帝分上，你会没命的。"

桑佩尔拉我站起来，带我进了厨房。他扶我坐到桌前，看着我，仿佛是我母亲。海尔格太太为我端上某种粥。我一边吃，桑佩尔一边继续盯着我。

"你在忙活什么，布兰德林先生？"

"我急着要给我儿子寄封信。"

"明天吧。"他说，完全不考虑人命攸关。

每天清晨，从卧室窗口往外，我看着怪模怪样的蓝眼睛卡尔怎样疾疾而去，沿山羊道一瘸一拐，朝庄稼汉挥手，过一两个小时他回来了，带着一个包袱或是一只篮子，有时候就是口袋里鼓鼓的一团。他会把这包秘密送上楼，走过坡道，笃笃敲门，迎来的是夸赞或责备的叫喊。

卡尔生就一对最特异的手掌，那么细长，你都会觉得他有必要再长一排指节。桑佩尔视这孩子为珍宝。他叫他"天才"和"精灵"，还有各种其他夸张的称谓，渐渐我相信佩西的机器正在靠这双超凡的手制造出来。

海尔格太太飞针走线，头都不抬地说："带他去看我们的新邮筒，阿诺。"

"马上。"阿诺答道，但说完他徐徐走了。晚饭时他终于回来，我还在那个房间里。

残羹剩饭收拾停当，我宣布我要出去亲自找邮筒。

那位童话采集家跳将起来。

"信你准备好了吗，布兰德林先生？"

我看到这坏蛋眼下穿上了"进城"的衣装：马甲和深绿色棉绒马裤，厚实的靴子，还有一条宽皮带，他扣好了束在纤细的腰上。

"我没有邮票。"我说。

"我们有各种漂亮颜色的邮票，"童话采集家说，"是寄往英国的信件专用的。我想是两封信吧？"

这事儿你都知道一整天了，我心想。很快要天黑了。

"我们得提个灯笼。"

"没必要。"

"会有月亮？"

"我长着猫的眼睛。"那怪人说道。我们向下几步，走进水沫横飞、漆黑一片的峡谷山洞。

几分钟后我们出来了，世界顿时被金灿灿的稻草照亮。又能听见鸟鸣了，还有溪流边拴着三头矮个山羊的锁链发出的轻细叮当声。

"我母亲是只猫。"童话采集家说道,仿佛吐出的是再寻常不过的话。

我没有反驳,但其实我害怕听童话故事,不是因为我把它们当真,而是因为我没法阻止自己幻想那邪恶的后妈,比如说,被迫穿上烧红的铁鞋跳舞。我们人类每天犯下的都是些什么暴行啊。

原来村庄相当近。我把给佩西的信放进一个带有将军服上那种金色流苏的铁箱里。接着我们转过一条胡同的街角,我看到那些古雅的房子凑在一起,屋檐突出的尖屋顶,木楼梯,还有,浸润在落日余晖里辉耀的黄色客栈,此刻金光灿烂。

"客栈不是太远,布兰德林先生。"他难为情地说。我终于明白他为什么要让我等上一整天了。

4

那古代暴行的采集家就是个小不点儿,小矮人,一头乱糟糟的鬈发黑白相间。待在锯木厂里,他也不见得比其他人怪,但到了村里的客栈,他的模样可实在不寻常,娇嫩的皮肤,半是成人半是孩童,一颗头颅放在整体中倒也比例协调。

在锯木厂里他向来毫不拘束。来到客栈他却紧张得像只心扑扑乱跳的小鸟，仿佛每样东西，哪怕一粒麦子，搞不好都会要人命。或许他觉得那些装烈酒的瓶子可能会催生暴力，或许是因为他这把新教徒的骨头被天主教徒围绕，或者是满室的烟熏的，或者是恐怖的面孔吓的——犹太人、德国人在打牌，争争吵吵，用的语言数都数不清。

客栈老板娘是个矮胖的大妈，忙进忙出，就像你在古时的雕刻上看到的那样；她殷勤地招呼阿诺先生，帮他找了张桌子，我们还来不及问就端来奶酪和淡啤酒。我说她人可真好啊。

阿诺凑到我耳旁。

我对桑佩尔先生了解多少？为什么要把图纸交给他？为什么不交给卡尔斯鲁厄的钟表匠制造？明明我想要的东西那样可以更有把握做好。

我心说，呀！停！我不要听丧气话。

我问他怎么进桑佩尔的圈子的。

他往手绢上洒了几滴香精油，搭了搭他的鼻软骨。烛光里他的鼻孔仿若透着血红。

为什么，他质问道，我不问桑佩尔要推荐信？

我也许挺幼稚，但我看到了路正通往何方：他是说我把自己变成了一伙罪犯的猎物。他可以救我，但不是白干。

说着他身体前倾，但眼睛是往下的，像只母鸡侦查到可能有虫子。

我就没有去查一查多年前桑佩尔先生是怎样逃离村庄的吗？

他不看我。他讲究地抿着啤酒。他说他之前没把我看成那种鲁莽之辈。

我向他保证我不是。

没区别了，他说，像是在宽恕我：桑佩尔先生是个狠角色。人们不敢忤逆他。要找到真相非常非常难。

他转头看了一眼，怕有人加害于他似的，但实际上，他只有一个目的——错不了——请我入瓮。

难道**他**不害怕吗？

噢不。童话采集家习惯于最危险的处境。客栈里的这些暴徒才害怕桑佩尔。他"固执己见"，认为钟表匠就该从英国学成归来。他自称"更有资格"，吓了那些人一大跳，他们从没想过当钟表匠还得"有资格"，不就跟骑驴、拉屎一码子事儿嘛。

不那么凶狠的人早没命了，可桑佩尔先生到底是桑佩尔先生。他每次去舞会，必先在他的长口袋里塞一打重重的铁斧——名叫 *speidel*——用来伐木的那种，所以哪怕是出了名难缠的采石工人也得让路。桑佩尔最高兴的就是一刻不停地跳上二十四个钟头，或者说只在两支舞曲的间隔才歇一歇。趁这种机会他不断喝酒，一夸脱接着一夸脱。

为了知道他该付多少钱，他每次扯掉一粒纽扣，先是他红马甲上的，再是他外套上的，等舞会结束时再从店主那儿赎回来。

既然我要靠这个男人拯救佩西，我总不想听到别人把老锯木厂说成此地最落后的部分。童话采集家大概觉察到了这点，这会儿他说，私底下开展超前的工作，那地方是再完美不过。桑佩尔利用与世隔绝打掩护，暗地里做着那些渎神的布谷鸟自鸣钟的买卖，已是人所共知。

这丝毫没有让我好受。我问他这么一个东西会是什么样子。

阿诺先生猜不出来。不过它，他说道，会完全符合那个钟表匠漠视宗教的性格。至于手艺嘛——每次同桑佩尔的谈话触及那些阿诺非常熟悉的问题——比如说冶金学吧——他发现桑佩尔绝不是略知皮毛。恰恰相反。

他是否像自己吹嘘的那样"超前"？

阿诺没有回答我。

他却告诉我桑佩尔的老父亲跟所有锯木工一样无知，还同他儿子一样暴戾。他最大的乐趣就是把各家客栈里晚餐用的锡盘子滚成球状。

逢着了无人不晓的盛会，他却严令年轻的桑佩尔不准去婚礼上跳舞，留下照看锯木厂的生意。我后来注意到了，锯木厂里并没有原木漂浮，但那只是因为桑佩尔将工厂租给克罗波特基尼斯特家族了，可他们没一件事能谈拢。那些原木本该在我到来前几个礼拜就漂到下游去的。他们会搭起一百码长的木筏——船尾九根原木宽，船头三根原木宽。就是为了督造这样的筏子，做父亲的才把海因里希·桑佩尔从婚礼上叫回家。

正是在这个时候，那做儿子的决定，用他们的话说，"上船"。在大家的印象里，年轻的桑佩尔没有同父母说再见，他驾着筏子，并不去任何惯常的目的地，却（根据警方的报告）一径驶入了莱茵河（很快我明白过来，这有违地理）。他在某地上了岸，不知从哪儿搞到的钱，想办法去了英国，而他宣称他的高超学问就是从那儿学到的。

人们还记得，原木遭窃，他的父母处境愈加窘迫。或许他报偿给过他们英国的黄金，可谁又说得清呢？后来邮局里出现了一封伦敦寄来的信。当然除了他父母，谁都不能打开；十年后，他俩都离世了，律师却找不到这封信，只有一份从未修改过的遗嘱。

于是这不孝子便继承了锯木厂。

在我俩交谈的这段时间里，阿诺不停地随心所欲点着菜。他把奶酪切成极薄的一片片，我看着他用捕鼠动物一样的小牙齿啃咬。

阿诺说没有谁处在更有利的位置来帮我了。暗示他远比看上去强大。

这时他又点了一杯淡啤酒，所以，我心想，他没准是某个男爵手下的间谍。他低声说起海尔格太太。好吧，他想说闲话就由他去说，尽管我坦白告诉他那个女人对我无足轻重。不过是的，阿诺先生透露道，正是海尔格太太那蠢丈夫把小卡尔带去见证工人们在他们所谓的革命中取得的"胜利"。他就在她眼前被活活射死了，而子弹在打穿她丈夫的心脏之前，害他怀里的婴儿腿部受了重伤。

身为那帮残忍的童话采集家的一员，他很喜欢这出惨剧。他闭紧嘴唇。他将奶酪切片。我委实气不过，都没心思听这故事了，回过神时他正讲到那母亲与她失怙的幼子来了富特旺根，有个从前对她很好的叔叔住在此地。真不幸，童话采集家说，在她到达的前一天，她叔叔在小镇广场的正中央摔死了。

不幸？我寻思道。你们这伙人当成宝的不就是这类恶心东西吗？孩子没了父亲。孩子死了。孩子在森林里迷路了。孩子永远只能跛腿走路了。

小个子最残忍。他告诉我海尔格太太怎样被牧师收留，我心想，苍天啊，就为这个谢谢上帝吧，不过当然，后来牧师把她扫地出门了。

我想，你个悲哀的小屎壳郎，永远在收集可怜人的不幸。

你迟早得下地狱，我心想。别以为我会付账。我走出客栈，不用说，我出错了门，完全不清楚身在何处。又迷路了，总是迷路。好一个小丑。那小矮个找到我，带我回了家，他母亲是只猫。我们死的时候会发生什么？有谁知道真相呢？

亨利 & 凯瑟琳

我是有钱人，凯瑟琳读到亨利·布兰德林这么写，所以身边照例跟着害人精。然而，我从前与现在的恐惧与创痛，比起那个德国女人吃的苦，完全不算什么。

凯瑟琳明白，亨利指的是海尔格太太。

她和我，亨利·布兰德林在一八五四年写道，都知道一个孩子能如何唱进你的灵魂里，缠进你的血脉中，让你时时忧惧刻刻心悸。她把手放在卡尔肩膀上，用手抚着他金色的脑袋，我看在眼里。这些是阿诺先生没法懂的。

异想天开，在一百五十七年后的伦敦，凯瑟琳·贾里格心里说，怒火和着酒精上了脸。真是可悲啊，做不到一视同仁还沾沾自喜：爱一个孩子胜过爱一个大人。怎么会这样？

这可怜、无趣又盲目的上流社会呆瓜决计想不到，他的读者会是一个膝下无子的女人。请别告诉我我不懂爱，或者我懂的那种爱是"小爱"。我都被爱掏空了。

我把本子扔过房间。它飞进了厨房，酸性纸如枯叶般哗哗脱落。

让马修看看他都对我做了什么。

本子遭到重创后，唯一没破损的纸是一张收据，桑佩尔在上面被冠以 *Monsieur*①。收据记录了他购置过一大批白银。

这些骗子耍这样的手段讹诈亨利是叫人受不了，可亨利在孩子的问题上乱发谬论，即便其情可以理解，却也是不堪入耳的。他倒没有明确说父爱比其他的爱高级，但心里显然是这么想的。我当然希望他别不快乐。我同情他。不过总的说来，这些把孩子视若珍宝的人无疑把亲子关系看得太理想，成了聋子、瞎子，殊不知这种关系往往是要以海洛因、自杀、厌烦和疏远告终的。所有那些严峻斗争正等着他们，因为可怜的宝贝们只要完美的爱。

我看到跟马修一般年纪和比他大的男人时，我恨不得他们去死。可我从没期望我们永远活着，恰恰相反。献身马修的每个早晨我抓住他，像个祈祷者似的抱着他，大口大口吸他的气味，他的腿夹在我的两腿之间所以我摩他——还能用什么字眼？——说得更清楚会落得粗俗——温柔地摩他，他会把鼻子就贴在我的眼睛旁边，就在那儿，毗邻那些复杂无比的工厂，泪腺，我爱你，我爱你，我爱你，每个早晨，每个夜里。

---

① 法语，"先生"。

我曾眼睁睁看着父亲死去。经过了好几天对重症病人的护理，你不会轻易忘记身体是如何运行、如何朽败的。之后你很容易就能想见氧气充沛的血液，在你四周、我体内、他体内游动的流质的颜色。我见过马修的眼睛激动地眯了起来，我深爱的脸庞，高大、毛糙、柔软的身体，他坚硬的顺滑，我多想喝干他。

　　我们懂得及时行乐，为此自鸣得意。我们没有灵魂，但我们活在当下，像海浪，像动物，我们会说，我们多完美，洋溢着爱意，我们心想。我们没有灵魂，多不公平！

　　贝克尔斯的近处，夏日里，银色的晨光在隔音片外摇曳，这种时候他会从后面要我，他的手掌抚着我的肚子，我想，他希望我怀上。

　　他的孩子都安然待在寄宿学校里，他可以给他们写慈爱的家信。有时候我会失去他，因为他把他们带到马厩来一起干活了，我生命中珍贵的两天就此删除。我喜欢他那样爱他们，但有时我会觉得他们是被宠坏的孩子。听到他那个学数学的儿子抱怨贝克尔斯太无聊，我很气愤，但非常非常高兴，我又能拥有我的地盘了。

　　或许，我想，马修对两个儿子的爱是那种高等的爱，有时候吧。但我还是解不开心结。比方说，我梦见马厩的地板下面埋着一具女尸。在梦里我杀了她，又忘记了。

　　我着实不应该把亨利·布兰德林的笔记本扔过房间的。

没人会，马修也不会，马修尤其了，相信我做得出这种事。没人愿意相信有哪个管理员在任何情况下会这么做。它射入空中，哗啦啦飘扬，远得完全没了挽救之可能，一边飞一边就散开了。它死在半空中，待撞到地上，化成了满目飞蛾的翅翼；明白过来自己的所作所为，我哭了，做出这件事的不是位管理员，而是个可怜的醉酒女人，她正为一个绅士怒火中烧。

我找出伏特加，之前是我自己藏好的，免得去喝。没准儿已过午夜，我想。我希望我有可卡因。我想靠堕落和找乐毁掉半条性命；喝着伏特加，我想起布兰德林先生还没好好解释那些铜索，而我也许永远得不到答案了。不过随后我想，亨利你真笨得像块砖头。真的，这得是什么样的奇人呐，跑到黑森林里的一座锯木厂，把**铜索**描绘成帐篷缆绳，从屋顶延伸进地上的**箱子**，可他竟一次都没有(暂时还没有)找个人问问那些缆索是派什么用场的。

我记得你，我的马蒂·T①。我记得跟你做爱。我记得你的灰眼睛，先是眯起再睁得老大，我记得你嘴巴里可爱的粉色隧道。你一颗牙都没有补过。我嘴里尽是黑色的汞合金②。我记得你的哭声在我身体里起伏。我记得你在滑铁卢

---

① 马修全名为马修·廷德尔(Matthew Tindall)。
② 供充填牙齿用。

车站抓住呜咽、尖叫中的我。我记得你让我平静、镇定下来。我记得你把我留在出租车里，我觉得我要死了。

我忘记你死了。我忘记亨利·布兰德林死了。我把他那堆破碎的余烬扫进一只小巧的OXO牌簸箕里。我认为它设计得很漂亮。我过往的生活多么乏善可陈啊，乐呵呵对着一只簸箕，从没想到我会用它来扫亨利·布兰德林的残骸与灰烬，再将它们倒进垃圾桶。

2

亨利·布兰德林听闻的海尔格太太个人经历的所有残存部分，如今就摆放在我家厨房的桌子上，其地北兰贝斯，其时二○一○年四月。

海尔格太太还没在客栈做上两天，牧师就（说）她不能再住在他的屋檐下，因（为）她是个吧台女招待。可但凡这牧师长记性，他就应该知道他自己的举止也有失检点。她不小心抓伤了他的脸。

老板娘……让她睡在客栈厨房里。另外的女招待是个离婚妇女，她逃出来是因为她丈夫……

另一个女招待向海尔格太太提议，她们应该一起住到桑佩尔家废弃的厂房去。

厂房……风吹动各种机器叮当作响……吱吱嘎嘎……另

一个女招待回去找她丈夫了……孤身一人……家具被什么人在地上拖来拖去……海尔格的孩子在睡觉……铁火钳，下楼来了……一个男人……跳舞……喝醉酒摔倒了。

她躲在暗处不动……她大概只好杀了他……尸体扔进河里。

把火钳给我，陌生人对她说。他拿过坚硬的铁火钳，像折芹菜茎似的在膝盖上一折。他折弯了铁杆，他的脸很红，他露出络腮胡中间大颗的牙齿。别害怕，他说。

我凯瑟琳只能找回来这么多了。我趴在桌子上睡着了，又被一阵敲门声惊醒。我心想，是马修。他就喜欢这么来，不是经常，有时候。我吓坏了，一动不动，冷汗涔涔，口干舌燥，喉咙里黏糊糊的。遮帘没拉，窗户洞开，外面就是花园，人人看得见。

然后他——不管是谁吧——正穿行过我放回收垃圾的区域。我听到瓶子丁零当啷，说实话，蛮不可思议，我竟感到挺难为情。我膝盖着地爬进卧室，没关厨房的灯。

我的病假太可怕。到了早上我知道我不能用它。我吃片干吐司把止痛药过下去，前脚刚摆脱厨房桌子上那堆可耻的拼图，后脚走进地铁，幽闭恐惧症就一心想爬回来。我想，我做不了这工作。我想，我别无选择。

在保卫处大家看我形容枯槁，待我都很和善。我觉得唯有来杯伏特加方能让我像点人样。

与我同乘电梯的是个身材矮小、花里胡哨的女同，陶瓷专馆的——叫希瑟吧，我想。她是个乐天派，活力四射。她骑自行车上班，看得出来她费了好大的力才忍住没当场跑开。

"有点不痛快？"她问我。

我心里说，她的皮肤可真太好了。她完全不知道自己也是要死的。

"你飞跃了火山？"

要是我看了报纸，就该知道冰岛发生了大规模火山喷发，全球的航班都被迫停飞，但我不必读《卫报》才能理解这个玩笑。她是说我宿醉未醒。我喝蒙了，喝摇了，喝大了，喝高了，喝潮了，喝断片了，喝稀烂了，喝得六亲不认了。我想，我是打心眼儿里欣赏我的国家同酒精的相处之道。在美国我可怎么活？估计我准会得抑郁症的，到时要去做心理辅导了。

我的身份证不知道我的精神状况。它打开了两道安全门，仿佛我完全冷静、清醒。我那间工作室，当然，根本没锁上，锁不上。

我觉得我永远都会是这样的感觉了。

九点整，我戴上橡胶手套检查起第一根玻璃棒来，而清洗这东西绝不是我的分内事。

事先肯定要开个程序会议，保护和修复工作才会开始。

可我无法承受同任何人讲话。

我把那根玻璃棒放在工作台上，端详了一阵。这些钓竿，在桑佩尔先生的发票上也提到了，可以模拟水。这么一来，那只鸭子便能将它的假肛门放在旋转着的棒子的基座上，吃鱼、拉屎，或者模仿活鸭，看那蛮横的钟表匠怎么设计了。棒子下面总要有个地方装块反光镜，帮着营造水的总体效果。

或许清洗玻璃棒本该是小希瑟的工作，可我实在不想同小希瑟讲话。我也不想挖到盒子深处去，翻出天知道什么东西来，搞不好是浸了防腐剂的佩西·布兰德林的尸体，下巴被打碎了，好让他遗容"安详"。

希瑟应当心存感激，因为我想把渗进棒子空心的油脂统统清除掉。洗起来会形同噩梦，不过我乐意为她一做。我会用上带棉花头的细铜签。要是因循守旧的斯温本馆规允许我把这带走，也许就能止住我痛苦的加剧。

清洗玻璃棒开始前，我先得摘掉每根棒子的铜盖。铜盖卡进某种尚未得见的装置里，棒子就会跟着转动。一代又一代不懂装懂的老油条者站到过我跟前的位置，在玻璃棒里放进虫胶、熟石膏、硅等各种不适宜的东西，需要技巧、时间和耐心才能洗干净。

请让这个归我所有吧，我想。

请别墨守成规啦。

我可以一个人干这活，直干到我彻底痊愈，或者说死了。

有人在第一根玻璃棒上涂了黑树脂，完全就像现如今的新手用强力胶水一样——瞧吧，他们把树脂抹到玻璃上，随后把棒子塞进铜盖，拿在手里等它黏合。受到热量产生的内应力，玻璃会损伤。由于这些困难，修复的棒子会与它们原来的长度略有偏差——就差那么几毫米，安装起来就相当难办了。

我打开邮件箱。读道：**程序会议相关**。

删除。

我留在转椅上，看看玻璃棒，等到十点钟我知道外卖酒铺开门了，我可以去买一瓶伏特加了。

我并不为喝酒或者偷拿笔记本而忧心，虽说这两条都能让我丢饭碗。倒是想起在有件事上太胡来，心里难安——我已打定主意，不经程序会议就开始工作。

就是说，我不准备向部门主管提出申请了。我直接去找楼管格伦，他又不知情，会把焊接棒和棉花头乖乖给我。

我在格伦的休息室找到了他，趁他"定位"焊接棒和棉花头的当儿，我去了外卖酒铺，在那儿听到人说伦敦是世界上最干燥的首都。好像我们要建一座脱盐工厂。我表达出惊喜之情。我把酒瓶轻轻塞进我可爱的拎包里，回到大楼穿过保卫处。

十点十分，我正在工作台上检查那些污秽的玻璃棒。当然我现在的牙医一开始也是这样看我的口腔的——二十年来历经十五个平庸技工之手的作品。我感到伏特加在我喉咙里喧腾，灼烧我的血液。

我想，当初每一天，这便是我父亲的感受。所以他们把我送去海威科姆的寄宿学校。他去世时，我们发现他有不少妙不可言的小地方用来藏酒瓶，他谎称"排线路"，其实在地板下，或者天花板里，或者储藏碗橱内的墙中精心制作了一个个小棺材。他是那么严谨、耐心，换手表电池和皮带太屈才了，他要能来博物馆干我的工作，用他不弄懂誓不罢休的头脑去理解一台机械装置，叫我做什么我都愿意。我过上了他本来会想要的生活，这一定令他很痛苦。

有时候他去市政厅听完演说，会把发言的人带回家吃饭——他一定是伤心孤独透了。过了那么久我才明白，他女儿我，实在是大逆不道的俄狄浦斯啊。

用石油溶剂清除树脂效果很好。我正轻柔地卸掉第一根玻璃棒的铜盖，不料埃里克·克罗夫特进来了。

我直视他布满血丝的眼睛。

"看在耶稣分上，求你了，凯瑟琳。回家吧。"

"正打开我的礼物呢，就像你说的。"

我口齿不清？他狠狠地瞪着我。"你要想工作，事先得有个该死的程序会议。你到底想对我干吗？"

"我的支气管炎好多了。"

"凯瑟琳，老朋友，你我都知道不开会你不能干这个。"

又有人敲门，那小个子女同用手肘撬开门进来了，一只手拿一杯咖啡。我颇有几分感动，但剩下的就全是害怕了。

"对不起。"她说，可眼睛却看着玻璃棒和我桌上的溶剂。我未经许可就踏入了她的领地。她匆忙离去时弄洒了咖啡。

"好吧。"我说，伸手去拿棒子，想把它放回原位。

我不清楚接下来究竟发生了什么，只知道克罗夫特想阻止我碰棒子，结果它从我手心滑落，垂直摔到了瓷砖地上。它弹了起来。我眼见它升到六英尺高，随后一把抓在了手里。

我俩谁都没有说话。

我把棒子放入板条箱，拈起铜盖丢进一个塑料袋里，稳稳握住笔，写上"盖子♯1"。

埃里克拿起我的手提包递给我。

"走吧，"他说，"我带你回家。"

我心想，亨利·布兰德林都碎成一片片了。不能让埃里克看见。

3

克罗夫蒂狂奔而去，打了一辆出租车回来，只听得倒车齿轮嘎嘎作响。"肯宁顿路。"他下令道。

我心想，你真爱管闲事，但他不知道门牌号所以没关系。

"埃里克，你当过运动员？"

"参过军。"他说道，脸红了。

"你不会真当过海员吧？"

他打了一下手腕，伸出手来，拇指和食指间，一只死蚊子。

"亚洲虎。"他说。

"什么？"

"是亚洲虎蚊吧？"

"我听不懂你在说什么。"

"我想你一直读《卫报》的吧？"

"我什么也读不了。"说完我又想起亨利·布兰德林，而且我不能让埃里克看到我屋里的东西。当然，等到了我家门口，防线就彻底崩溃了。

"埃里克。你得稍等一下。"

可他已经拿起了我的邮包。

在那堆杂物和维特罗斯超市的传单里有一只大号的信封，我一把从他手里抓过来。

"等一下，"我说，"站这儿别动。看看这些册子。让我打扫一下。好吗？"

到了厨房我开始把布兰德林断成几瓣的练习簿塞进信封。枯死干瘪的碎片打着转飘落到地上。

"你到底在那儿干吗?"

他自然会盯我的梢。所幸我的"楼上君"正在花园里练习近穴击球[①],而克罗夫蒂社交方面的直觉向来敏感。

"不是那个谁嘛。"

"正是。"我从桌上拿掉科涅克的酒瓶,往洗涤槽里轻轻一放。

"下议院的发言人?"

"退休了。"说完我转头看到克罗夫蒂全然没有被大人物引开注意,他竟不经允许打开了我的手提包,把我的伏特加酒瓶和偷得的笔记本抽了出来。

一言不发。从面部表情看不到半点意思。他不加评论把笔记本递了给我,我拿着它们去了卧室。回来时我发现他把窗户统统打开了,端坐在厨房的桌子前,我那被搜刮一空的手提包则被扔在他身旁的椅子上。

"你很任性,凯瑟琳。"

"有点疯了,对不起。"

"看在上帝分上,别晃来晃去,"他把玻璃杯推到桌子另一头,"坐下。"

---

① 原文作 chip shot, 高尔夫术语。

我站着喝伏特加。

"可怜的猫咪。"

我希望他别叫我"猫咪"。我说："如果你是想叫我去做心理辅导的话，那我不会答应的。"伏特加烧起蚀骨的烈焰。

"你从哪儿听说这种恐怖的东西的？"

"当我没说。"

"问题是，你知道的，我们必须稳住大楼。"

他指的是斯温本，朗兹广场上乔治王朝时期的立方体中那头机械巨兽，管理小组、规章制度、楼梯、机密、有人在那儿自缢身亡的"克劳利之洞"[①]、整座花哨又无章法的胡同迷城，两百年的老建筑杵在二十一世纪的空间里。它是个非常漂亮、十分骇人、杂乱、可怕的物事。我去那儿工作是因为别无他处可容身。

"我没得选，"我说，"哪还有别的地方要雇我？"

"不是，"他说道，又给自己倒了一杯，"我不该说得这么复杂的。这个计划很烦人。生命，死亡，所有这类东西。猫咪，我很抱歉。"

"别叫我'猫咪'成吗？"

[①] 原文为 Crowley's Hole，未详。此处的 Crowley 指的或是二十世纪极具影响力的英国神秘学领袖阿莱斯特·克劳利（Aleister Crowley），有人称其为"世界上最邪恶的男人"。

"难道那不是你的名字？"

他垂下眼皮。也许他只是在强压火气，可突然间，他看起来就像梦寐中的佛陀。

我坐下了，我获得了第二杯酒，作为听话的奖励。"对不起。"他说。

"只能难以置信，每天都会有人遇上这码子事。"

"很糟糕。"

"很无聊，我想。"

"我会把这该死的东西拿走。我是个大傻瓜。"

"不要。"我说。

"不要？"

"不要。"

"非常好。"埃里克说。

"别说'非常好'。听着好像你在照管我一样。"

"没错啊，老朋友，那是我的工作。"

"我就是那个意思。你打算把我送去看精神病医生。"

"天哪，猫咪，我不打算把你送去看任何东西。你从哪儿听来这些胡说八道的？"

"父亲谢世时他们逼我们去接受忧郁症的心理辅导。不见这社会服务机构来的蠢货就不准我们出医院。他们连他的衣服都不肯给我们。"这时我哭了。多希望我没有。"他们折磨他，埃里克。他们玩弄他。我们只好叫他们关掉那些愚蠢的机器。"

"猫咪。"

"请别这样。"

"凯瑟琳,"他说,"我很抱歉。他总是叫你'猫咪'。当着我的面。"

我顿时悲从中来,几乎不能言语。"真的吗?"

"当着我的面,是的。"

我下定决心不痛哭,我大概在恶狠狠地盯着他吧。

"我们来组建一个很小的队伍,"他说道,"我们会开一次你能承受的程序会议。"

我已经抽抽搭搭起来,可我还是明白了他的目的——想方设法保住我的工作。

"陶瓷专馆的人都是玛格丽特的朋友。我受不了。"

"希拉里不是的。"

"是希瑟。那个小女同。"

"她有个可爱透顶的小宝贝。"

"你说的是弄洒咖啡的那个?"

"她参加你能接受吗?凯瑟琳,你就行行好吧。求你了。"

可我想惩罚他。我受不了他活着。

"我们都很想念他,老朋友。不能跟你比。但他是我三十年的朋友。"

"是的，我知道。他爱你。对不起。"

"不，不。原谅我。"

对不起，对不起，对不起——我们真太英国人了。我以为他在口袋里掏手绢，但随后我看到那是个装着白色粉末的玻璃纸袋。

当然我是个成年人了。我完全知道那是什么，但看他一上一下轻轻敲着，还是颇感不安。"什么东西？"

"止痛药。"他在桌面上倒了一小垛，浅黄色，晶莹透亮。

我根本不了解他，我心想，一丁点儿也不。

"这不是很危险吗？"我说。

"跟什么比？"他掏出钱包，拿了张巴克莱银行卡把粉末切得整整齐齐。我想，他是说跟偷笔记本比。

"天哪，埃里克。停下。"

但他完全没有停手的意思。"你知道，凯瑟琳，"他说道，又一次变成了梦魇中的佛陀，只忙着切，切，切，"你知道当他想吸上一点，他从来不敢去跟贩子说。"他正对着我一笑。"没人会认为马修是个神经质的家伙，可他就是没胆儿跟毒贩子打交道。"

"那你做的是拉皮条的活咯？"

"这么说吧，你的每一次享乐，背后总要有人操心那些见不得光的方面。"

他分出很小一部分粉末，懂行的人称之为"一块"。我心想，我当然会说"不"。他从钱包里抽出一张十镑纸币，卷好，吸了起来。

"我怎么办？"

"那么好啊，就来一点儿吧。"

那个前下议院发言人还在练球，我便放下了窗帘。我也用那张十镑钞票卷起粉末，先感受可卡因嗖嗖蹿进鼻腔，再是宜人的药剂淌过喉道的后部。

"所以啊，"他说，他又在用巴克莱银行卡忙活了，"怎么对付大楼？这就是我的建议。"

"好的。"他说完我应和道，也不管他说的是什么了。

"好的？"

"谢谢你，埃里克。之前是我不开窍。对不起。埃里克啊，我还能来一点吗？"

他冲我笑笑。眼眶凹陷，又有黑眼圈，我的样子准是惨不忍睹。

"知道我为什么把你约到那家小饭馆吗？"

"你是特意选的？"

"我把那部'迷你'开去给你。在现如今的情况下不是很容易做到的，因为非得先登记。你知不知道在登记一辆改装的'迷你'时，你必须申明你是否对那见鬼的底盘和单壳车体做过任何方式的改造？害得我原本想做什么都忘记了。不过好歹我还是把车停到了小饭馆门口。我告诉你了，可你说不要看。"

"你早该说的。"

他给自己卷了很粗的一大条，吸完后又做了一条塞给我。"你看到了的。"

"我本该认得的。"

"他希望你拿到这车。是他的意思。"

这可能不是真的，但我还是愿意相信，就像一切蠢人愿意相信他们想要的东西。

好几个星期前我就知道埃里克去了贝克尔斯，基本上属于偷了我们的车，但这时我又吸了一根可卡因，赶紧嘱咐他把剩下的粉放得离我远远的。

"那部'迷你'，现在在哪里？"

"我会开过来交给你的。"

"你太好了，可我看到会受不了。"

"以后吧。"

"好的，以后。"

"一切都会过去，"他说，"你不会永远这么难受的。"

可我会的。我毫不怀疑。

随后他走到碗橱前，我知道他在找铝箔，好给我留"一小点"。我抓过我的手提包放在地上。他坐回椅子上，把他的礼物摆到我面前。他凝视着我的眼睛，泪水汪汪。

"凯瑟琳，我得去跟'弯脖子大人'碰一次头，如果你知道我说的是谁。我们要比较一下我们和那该死的泰特博物馆的访问量。你知不知道在每个访客身上，艺术部得补贴斯温本二十三镑？泰特只需要五镑，我恨他们。"

他滑稽地浅浅一笑，完全就是扭曲地硬挤出来的，我记起他妻子撒手跑路时他承受过怎样的痛。我亲了亲他毛糙宽阔的脸颊。

"我没事，"我说道，"对不起，我忘了你也爱他。"

他瘫作了一团，可怜的埃里克，但时间不长。他一走，我立马走进卧室读起来。

亨利

卡尔是桑佩尔金色的影子，跟着他上楼下楼。有时候他俩躲在后山上，我会在水流轰鸣中听见，或者说幻想，他们正用榔头奋力敲打，声音清脆尖利，还有轻微的爆炸，像突突响的烟火、枪声或是烧着了的干松木。他们的门会一下弹开，野蛮地撞在墙上，接着那个一头小麦色金发的孩子便出来了，很乐呵，嘻嘻哈哈的。我承认这伤了我的心。转眼我会从窗户里看到他，蹦跳着穿过倒在地上的禾束堆，怪模怪样地疾行过麦茬儿，向我叫不出名字的地方而去。他绝对是个坐不住的小机灵鬼，回来时手绢里、破布里总包着秘密的收获去献媚。

在德国的日子里我几乎无心想别的，只记挂着他们靠那些神秘的工具，究竟做到哪一步了。他们就不能抓紧吗？我不能催他们快一点吗？他们那些令人费解的声响都快把我逼疯了。那是火药吗？成功了吗？失败了吗？制造的进程占去了我所有的情感，我已精疲力竭。

一旦打听得细致点，桑佩尔就会佯装没听懂，或者用他灵活的眉毛摆出一副滑稽的吃惊状。最糟的是，他让我不禁担心他没有遵照我的指示。

为什么，他会问道，一个受过教育的英国人竟想要廉价俗艳、只能供马戏团杂耍用的货色？

"桑佩尔先生，"我回答道——每次我都要上钩——"你接受了我托付的任务，钱也拿了。你知道时间至关重要。"什么什么的。

"但这只鸭子你又用不上。"等等。

我回应道："我千里迢迢来的德国。"

"谁想照抄沃康松啊？沃康松是个骗子。那鸭子的消化系统不工作。它的肛门和肠子没有连在一起。你明白吗，布兰德林先生？你爱你的孩子，而你现在正花钱欺骗他。"

后来有天早晨他喊我喝咖啡，看这好意实在难得，我就没想到去那儿会受奚落。

"来给我们说说吧，布兰德林先生，所有的英国父亲都会欺骗他们的儿子吗？"

这无礼的家伙朝卡尔眨眨眼；卡尔呢，一个手指盘着另一个，在椅子上扭来扭去，玩兴十足。看来，受他奴役的可怜男孩，背叛了我。至于他母亲，她显然觉得我的苦纯是自作自受。原谅他们所有人吧。

我生性平和——实际上，人们说这正是我的缺点——可我也是个坚强的人。我很能吃苦耐劳。泥土我能往肚里咽，石块我能用背脊扛，可我不能让佩西为他们的懒惰买单受罪。要是他不能活着看见，造出鸭子来又有什么用？父亲的陪伴，总比一只发条玩具强些吧？一冲动我就忘了自己的处境。我推开我的奶咖。回到房里，我把适宜装进轻便行囊的东西打了包。我从门边的箱子里"借"了根结实的梣木棍。我没有说再见，但我就是"再见"的意思。我一定要回家。

没过多久我遇上了客栈老板娘。她给我的第一印象是个滑稽人物，不过现在我已知道这绝不是真的。没关系的，就住一晚，然后回英格兰。这老鸨觉得我是有钱人，而我没有打消她这种想法。她给了我最好的房间，还说她会把我的衣服挂在厨房的炉火边烤干。

怒火并没有烧清楚我的脑筋。我心想，明天就回家，却没有考虑我既无资金也无家可回。我想，让一切见鬼去吧。我怎么想就怎么做。

我拒绝了芦笋，要了炖牛肉和布丁。第一杯黄葡萄酒送来了，上面笼着一层珍珠白色的冷凝云雾。我毫无道理地信心大增起来。真的是直到喝第四杯酒，我才感到黑云降到我身上。云？是一大块石头压在我胸口。我无家可归了。孩子脾气发完了，明天我就只好爬回我的牢笼。

我正落得这般悲苦境地，这时门开了，一阵湿风穿堂而过。当然，来者是无情的桑佩尔，他湿透的大脑袋亮闪闪，像一块河里的石头。等他坐到我桌前，我寻思道，感谢老天，他觍着脸跟来了。

他侧身坐着，两条大壮腿张开，王顾左右。

"有比这高等的生命形态。"他宣布（这时候那女店主正卑躬屈膝地伺候他喝啤酒）。"要是没有比这高等的生命形态，"他说道，"我就勒死自己。"

我心想，这算道歉吗？他不肯看我。啤酒杯一落回桌面，立马又换上一杯新的，而那个老鸨再一次跳起她卑贱的舞来了。我注意到那些常客都有意不看我们。他们明白桑佩尔心狠手辣。至于我究竟是怎么个人，大家都一头雾水，我自己尤其不清楚。

"别挂心，"他说，还是躲着我的眼睛，"这些人都不说英语。"他大喊："谁会说英语？"没人敢回答。

"看到了吧。"他得意地说。但这只能证明他是个乡巴佬。

"这些真算人吗？"他大吼，声音低沉，回声隆隆。"瞧瞧他们。告诉我你的看法。"他命令道。最后，他转过椅子，我在他的凝视中瞥见了躲闪的神色。他是不是害怕失去我？

"说吧布兰德林，你怎么看？"

我想我已把自己置于一个古怪透顶的恶霸之手，但我的回答依然不失谦恭有礼，我说，与我们同屋饮酒的大伙，在我看来充满人性，相同的他们，不同的他们，齐聚一堂，他们普通人民的双手，烙下了经年辛劳的印记，他们的脸庞，留下了生活悲苦的蚀痕。我不忘跟他讲述了《职业的圣痕》一文中的某些段落，作者研究尸体，评论洗衣女工的肿胀手指、金工工人和马车夫身上某些部位的老茧，还有鞋匠和玻璃吹制工之间拇指膨胀的相似点。他还教授用煮皮肤和检验剪下的指甲的方法确定一个人生前是不是铜匠。水呈"美丽的蓝色"就说明是。

他听得很认真，认真得有点反常。

"所以说，"他接下我的话茬儿，"这就是你的看法？"

"比看法还多点意思。"

"是的，当然咯，他们有圣痕，像你说的那样。"（这是不是他第一次同意我的话？）"但他们有灵魂吗？"他质问道。

"有的，跟所有人一样。"

最后，说到这里，我看到他的思绪已飘去别处。他感兴趣的，自然从来不会是"所有人"，只有他自己。

"我出生在这里，你能想象吗？当我意识到我母亲竟轻率地把我投入这样一群人之中，你能理解我的愤怒吗？不过这些你都不会明白的，"他说道，"你是个英国人。"

我不由自主地哼了一声。

"你并没有生在这四壁森然的垃圾堆里，"他愤愤地说，"你不相信鬼怪、妖精和耶稣的圣心。你到处旅行。这无益于你确认他们职业的圣痕。就算活着，你眼前的这些人也不旅行。他们就待在这里，大腿光秃，胸膛凹瘪，守着一堆童话故事。他们拥有'穿靴子的猫'①却茫然不晓天地万物正在变化。他们想象力贫乏，只看到豆子，不相信魔法。他们从来不曾见过一台打谷机。他们不知道我认识的那些英国人，我帮着制造的那些机器。你没意识到你请我制作这个玩具有多侮辱人。当然，"他急忙说，"你不是有意冒犯，我明白。"

"所有人，"我说道，"都需要钱活下去。"

"我不是为了赚钱才做的，"他说，"是因为你爱你儿子。"

"你也有个儿子。"我脱口而出。为什么要说这个，我不晓得。叫他住口？还以颜色？不管怎样，我知道卡尔不是他儿子。

"你瞎了吗？"他大喊。"这男孩谁的儿子都不是。把他放到这些傻子面前，他们会叫他天使。如果他们知道真相，他们会把他钉上十字架。当然，暴乱之中他那白痴父亲是把他拉了出来。这只德累斯顿瓷碗让给别人反倒好，他又识不得什么是宝贝。老天有眼，那孩子没摔破摔裂。啤酒！"他

---

① 夏尔·佩罗（Charles Perrault）所著童话集《鹅妈妈的故事》中的一篇，此处指的是格林兄弟借鉴、加工后的版本。

大声唤道，或者说了什么别的叫他们上酒的话。"你不需要鸭子。"他断言。

"你收下了我的图纸。"

"我接到指示要做高级得多的东西。"

"给你下指示的是我。"

突然他一改之前的态度，变得非常温柔和蔼。他把一只大手放到我的臂上，紧紧抓着。"亨利，"他说道，"我们需要彼此。"

我之前遇上过这类人，凶狠、冷酷、粗鲁，但转眼就能变得亲切无比，让人难以拒绝。听到他说我们的需求是一致的，我相信这是实话。他的眼神柔滑极了，仿佛丝绸装在骨头盒子里。他凑得更近了些，手还抓着我，温柔地说道："你正在怎样度过你的生命？你用它来干吗？你投身于何种更高的目标？"

他要支配我利用我，他是这么想的。唉唉，我定要让他为我所用。"亲爱的桑佩尔，"我说，"你必须给我把鸭子造出来，否则你会后悔不迭的。"

他突然站了起来。我心想，又要干吗？

他要离开客栈。我跟着他。

"你是个可怜人，"我们出门走上那条泥泞的小路时他说道，"你经受了失去的痛。"

我寻思道，冷静点，他不可能知道的。

我跟着他沿路肩走，走进下面宁静的森林里。我心想，他是个骗子，可突然间，我浑身燥热。

他一边走一边贬低那个童话采集家，说他是个呆瓜，把农民冬天里胡编的随便什么故事都买回去。那些压根不是真正的童话。不过他倒是，他说道，有一个如假包换的童话故事。他正考虑或许可以把它卖给童话采集家，换点有用的东西。

我想，这些都不是真的。而且，到现在我还没见着一件钟表装置，连一把斧头一个机轮都没有。

他说，一个母亲有个七岁的小男孩，他漂亮又善良，人见人爱，而在这世上，他跟妈妈最亲。他突然死了，没有什么能安慰她的心伤。

我需要他。我由着他说。

"她哭啊哭。"他告诉我。可是，下葬后不久，那孩子开始每晚在他活着时休憩、玩耍的地方现身。看他母亲哭，他便也哭，可等天亮时他就消失了。他母亲止不住地流泪，而有天晚上他出现时，身上竟是他入土时穿的那件白衬衣。

当他的听众是种折磨。要不是我急需他的帮助，我早叫他闭上那张丑陋的嘴了。

"他头上还戴着月桂枝小花冠。他坐在她脚边的床上，说：'噢，妈妈，您别哭了，不然我在棺材里睡不着，因为您的泪水不停落在我的寿衣上，它总不干。'"他母亲听到吓了一跳，便不哭。第二天晚上那孩子又来了。他手里提着一只小灯笼，说道："看，我的衬衣差不多干了，我能在坟墓里安息了。"之后他母亲把悲痛向上帝倾诉，平和、隐忍地承受一切。那孩子再也没来过，静静睡在他地下的小床上。

他残忍又邪恶。我一拳打在他石头般的大脑门上，就在眼睛旁边。他站不稳了。我踢他的腹股沟。他折起身子，发出女人似的尖叫。之后的我，恐怕已是亡命之徒，我揍他、打他那肉鼓鼓的庞大身躯，直到他完全没了声息。多大一坨肉啊，蜷在满地冷杉的针叶之上，像头死鹿。

我是个傻瓜。他本是我唯一的指望。我回到客栈睡下了。

2

我的脾气是少见的臭，可怕起来就像匹炸蹶子乱窜的疯马，喂它粮草还不如喂它箭矢。这从来没有给我带来好处，一次也没。这次，幸好我没有杀死桑佩尔。

第二天早上我套上衣服，用肿胀的双手扣着纽扣，已经预计到昨晚的胜利会招致什么恶果。

那姑娘端来了早餐，可我吃不下，尽想着我把一切都搞砸了。

然后桑佩尔来了，看到他面颊上全是破皮，骨头都快露出来了，这唯一能救我儿子的人被我打成这样，我羞愧难当。

看我离开客栈，他跟着我一言不发地走进黑色的冷杉林，这时我嗅见了死亡的气息。我脑海中浮现出那种染血无数的林间空地。洛厅，富特旺根，哪儿都一样。佩西，为父先你而去了。

我们来到了开阔的农田。太阳又在西边的天空出来了。白色的芥菜，显然在富特旺根为害甚烈，堪比它远在洛厅的黄色兄弟；给这可怖的场景抹上了虚假的欢快亮色。

"我们去哪儿？"我问道，"把正事解决了吧。"

昨天我划破了他的嘴唇，他的髭须都歪歪扭扭竖到了脸上。他的手放到我的上臂上时，他似乎斜睨了一眼，但就是从这么个温柔的小动作，我觉察到他在为眼下不得不做的事聊表歉意。

"看呐。"他说，指着一座小教堂里走出来的一男两女。他上前跟他们说话，他的宽阔肩膀和骇人脖颈完全暴露在我眼前。我怒火已熄，所以根本无意从背后偷袭他。我想，我得逃走，不管那样会显得多么懦弱。可接着那个年轻男子亲吻了那俩女人，几个可怜的家伙齐齐哭了起来。真的，他们痛苦得几乎要垮了。那两个女人都要直不起身了。他们艰难走进森林，步履蹒跚，凄惨无比地哀号着。

那个男的转过眼睛盯着我，我只看到黑暗与干涸。随后，带着满脸浓浓的恨意，他捎起包袱，往山下走去。

"是个钟表匠。"桑佩尔先生边回来边说道。那个年轻人甩下背后的包袱，怒气冲冲地把它砸到树上。"可怜的家伙，"他说，他受伤的脸动起情来尤为难看，"但他落入了包装工手里。"

够了。我向来知道这世上充斥着千百万颗心灵，多如蚊蝇，每一颗都像这一颗一样，装着不为人知的悲伤。可他准备在哪里惩罚我？

我问道："包装工是干吗的？"不过我更关心的是他的壮手臂有多粗。

"包装工嘛，"他说，"他们从制钟表的穷人那儿买钟。不管他开的价多低卖的人都得接受。"

我停下脚步，举起拳头。"我们要去哪儿，你他妈的？"

"我他妈的？"他冲我咧嘴一笑，将我的手打到一边。

周围到处是神智正常的德国人，他们打理着小块田地，挑来肥料、沃土，各种所需的恶心东西。他们勤劳。他们谦卑。他们执着。他们深深耕耘，松土、除草，用汗水浇灌出丰饶。我何必非要同一个疯子打交道呢？我知道为什么。我是个傻瓜，忘了他是疯子。

"我年轻的时候，"他说道，一只手放到我的肩膀上，以此做出一副友善的样子，趁机逼得我只好走在他旁边，"包装工会走家串户亲自收钟表。可现在那帮害人虫成精了。他们强迫钟表匠送货上门。他们拖时间叫他们等。他们当然大多是开酒馆的，"他补充道，"钟表匠们等得越久，啤酒就喝得越多。酒钱是要从货款里抵扣的。"

"年轻人都没辙了，只好去英格兰。他们抛下母亲丢下妻子。"

这时我们走到了山脚下，在一条狭窄的小溪边，我着实同情起这个浑身肿胀的畜生来了。"就像你一样。"我说。

他端详了我一阵，仿佛被逗乐了似的。他把注意力转到了风景上。"这是我妻子。"他说。

在桑佩尔先生后来的许许多多荒诞不经的奇谈怪论中——比如他说他有本事召唤雷暴雨——这句短短的评论自有其特殊地位，因为他的"妻子"恰恰就是他所谓的"垃圾堆"：富特旺根，它极其狭窄又杂乱无章的巷子，它迂回的街道，奇形怪状的旧建筑，木雕，丰富的老式金属制品。这幅图景的唯一瑕疵是一幢丑陋得刺眼的现代建筑，峭然高耸，沙砾的颜色乏味至极。

"那大楼是什么？"

这时候，他趁我不备，突然斜着身靠过来。

我一拳击中他的喉头。

他的眼睛爆了出来。

我朝他啐唾沫。

他一个熊抱搂紧我，挤压我的肺部，逼迫得我发出娘娘腔到极点的尖叫，把我举高，顺时针转，逆时针转，再颠倒过来，扔回地上。

"嗨，"他大声说，一边亲了我两边脸颊，"那里是制造你要的弹簧的。"

这下我明白这疯子还是打算——虽然我干了那些事，说了那些话——把机器人造出来的。想到我的病孩儿真的有救了，我长吁一口气，拍了拍他的脸。

程序会议

附楼四〇四室

二〇一〇年五月四日

与会者：E. 克罗夫特（钟表专馆馆长），C. 贾里格（钟表专馆管理员），H. 威廉森（陶瓷专馆管理员），S. 霍尔（业务主管）

会议的目的是要制订一份计划，来识别、整修和复原当前代号为"H234"的机器人。

经决定，C. 贾里格将为机器人制作一份物品清单，在六月的最后一个星期呈报馆长和陶瓷专馆管理员。由于这件遗物的实际状况还不明朗，现商定，C. 贾里格与E. 克罗夫特（有可能协同开发与公关部门）在八月假期之前根据具体情况作出判断。C. 贾里格询问这物件是否主要用来"娱乐大众"。E. 克罗夫特说"娱乐大众"从来不是博物馆使命中的

Note pour Monsieur Samper

90	Feuilles (grandes) Poids	2 K. 700
32	id. (Petites) id.	800
		3 K. 500

116 Rondelles de Cou
avec tête } Poids — 1 K. 200
Organe seul — 8 235
7 Petits poissons — 35
9 K. 460

5 Clefs pour le Cygne
2 id. p. la Vitrine

~~toutes~~ les Visses sont restées en place
sauf ceux de la Vitrine qui sont
dans la caisse du Cygne.

一部分。他补充说，虽然整修的初步预算有限，他对未来却并不悲观。

E. 克罗夫特随后向委员会提供了一张一定重量的白银的收据，是开给一个"桑佩尔先生"的。

根据留存下来的玻璃棒和银质鱼，我们可以对该装置的活动方式略知一二。然而尚需全面的评估才能知道此天鹅有无价值（如果确有任何价值的话）：一来它是否具有历史（一八五四年左右）价值，二来它对展览委员会有何用处。这显然"言之尚早"。

馆长强烈建议管理员们分三步开展工作。

一、评估与鉴定。

二、在参照沃康松的机械新制的支座或者底座中，修复机器人，调适发条装置，以便我们能够在二〇一一年的某个时间展出，为第二步吸引资金。钟表专馆管理员表示她大致同意这一策略。

三、修复原来的基座，这不仅本身自有其难解之处，而且需要的财力也超出了博物馆当前的预算。

会议传达了钟表专馆管理员的意见，她认为评估与鉴定可以由一个管理员及时独立完成。

S. 霍尔说差不多可以立即安排一个助手（考陶德艺术学

院和威斯汀学院的双料毕业生——年轻却已大受赞誉）前来帮忙。E. 克罗夫特答应十天内评估出进展，再讨论下面需要何种资源力量。

　　鉴于该机器人年久失修且保存不善，C. 贾里格提醒说，有可能弹簧与心轴都已脱水。从发条盒中移除弹簧需要制作一柄木夹具，费用不菲，尤其是这项工作必须转到伦敦大学学院去完成。E. 克罗夫特会跟学院谈，设法与其协商出一个合适的估价。他强调，虽然此次修复的初步预算有限，他坚信将来资金会"源源不断"。

凯瑟琳

我最不想要的就是有人在边上，可她来都来了，我那多余的助手。她年纪轻、劲头足得吓人，长头发、黑眉毛，苗条的身材穿上马裤、风衣和素白衬衫，极是合宜。

"你是阿曼达？"

"是的。"

"你就是那个考陶德的姑娘？"

"我想是的，嗯。"她的声音高高的，但发元音有时会微颤，怪异地混合了圣日耳曼市郊和埃塞克斯两地的口音。听得我牙疼，这嗓门尖的。

"进来吧。"我小心翼翼对她说道，宿醉的酒意渐渐来袭。

不管嗓子尖利不尖利吧，她是很漂亮的，皮肤白净如瓷，蓝幽幽的眼睛，长睫毛。她顺从地等着我把电脑开好，这时我发现博物馆的服务器恢复运行了，我一心想着的就是怎么登入马修的邮箱。这比让一只天鹅起死回生重要多了。

"你可以把雨伞挂在那儿。"

我想到了马修可能会设什么密码。应该是个只有我能猜到的秘密。

等我试过我的想法，我会对她好得一塌糊涂，带她去福南喝茶——看样子她应该喜欢的。这会儿我还很狂躁，但我强压着情绪，问她跟我们工作多久了，目前为止都做了些什么。

"恐怕没做多少事。我得说那些玻璃棒很好看。"

我真的，真的不想说话。"你知道它们是用来干吗的吗？"

"我想是的，嗯。那个，当然不是啦。可以转动起来模拟水波？"

她是克罗夫特安插过来的？她是某人的女儿？"你上网了？"我暗示道。

"怎么说？"

"你在网上查过机器人？"

"不，噢不。我不会那么做的。"她好像很吃惊，我笑了。"它们很难清洁，是吗？我在想你怎么做到的。有窍门吗？"

"交给陶瓷专馆的人做就好了。"

"噢。"

"你很失望？"

"我想清洗东西。我以为他们就是送我来干这个的。"

所以我有办法摆脱她了。可以叫她去陶瓷专馆把希拉里找来。她全神贯注于复杂的指示——对斯温本的馆内须知，通常的反应是恐慌，她却留心细听，头向一边歪着。我等她叫我重复一遍。她走了。片刻之后，我在尝试登录马修的账号。

用户名：MTINDALL

密码：CATHERINE。我的良人就像花一样开放了。都在了，我想要的一切，我发给你的，你发给我的，多少年的往还。天上亲爱的主啊。我爱你，马修。多伤心，非要把这些扔掉不可。

我才开始，那两个女人就回来了，我只好退出。我的罪孽与兴奋一定都写在脸上，可那个考陶德的姑娘正沉浸在自己的戏里。她的面色非常红润，我知道，她理当对自己的成绩很满意。

现在必须把那些玻璃棒小心地装上一辆狭长的钢制小推车，这最多花了她们五分钟，可我只得等，直等得忍无可忍，才终于等来独处的机会。

"外面碰头。"删。

"那儿见。"删。

"我吻你的足尖。"删。

"我爱你。对不起，我是个畜生。"删。

这些信成千上万。我本该保留每一封，可我不敢。我忘了时间。那姑娘回来了我都没听到，猛然发现她近在身旁，我大惊失色。

"你的邮件准是多得不行了。"

我知道我的眼睛不正常。"我不太想多说话，"我告诉她，说着又退出了，"希望那不会让你不舒服。"

"不会。"她说道，但显然我的表情让她心慌。

"很好，"我说，"你可以把茶叶箱里的东西取出来。"

"我一个人？"

我只管自己说话。"你觉得你能行吗？"

"噢，能。只要那东西不难弄。"

"会有几件很重的。有什么不确定的地方，你来找我。"

"我能问问是什么东西吗？"

"据说是只天鹅。"

她没动，讶异的样子，凝视着我。她问"你要我这就开始清点吗"，我能看见她牙齿后面粉色的舌头。"清点"一词中的原音略有些怪。

"不，把它们拿出来就好，要非常小心。包在外面的报纸统统留着。任何一点文献资料都要注意，哪怕是一张邮票。"

"我该怎么排列？我是说，顺序的原则是什么？"

我不能说话了。我不想看她。"无所谓。随你喜欢吧。"

我这人，好奇心全然丧失的时候是没有的。在现实生活中，这种情况永远不会出现，即便是个人生活起了剧变，我还是能对她的行动长一个心眼。我知道，她正按尺寸排列那些部件，从最小排到最大。你个小捣蛋，你个厚脸皮的小东西。

"今天过得可好？"删。

"我恨每个人，不恨你，我的小亲亲。"删。

"我是个天才。来看看我做了什么。"

那姑娘取出箱子里的东西分了类。我一片片切着我的心。删，删，删。也许有更快、痛苦更少的办法，但即便我能，只怕我也不会用的。他妻子写来的邮件，是紊乱的电场，是断筋碎骨的上升气流。删。我从没问过他平时是否同她做爱。我完全信任他。我照样总是嗅他的肌肤。删。有些邮件是发给我不认识的女人的。这些我忍不住打开了，每次都羞愧难当。删。我向深处挖掘，而那个考陶德的姑娘在茶叶箱里探寻。

"你还应付得来吗？"我问她。

结果我发现她在听音乐，用什么设备我连看都看不到。换成别的日子我早恼了。

有那么多邮件是写给他两个儿子的。我得读一读。我不能把这些给删了。

"你的药品到了吗？"他写道。

"要不要买件保暖的外套？"

"我六点去接你。设两个闹钟。"

"爱你的爸爸。"

"爱你。"

"永远爱你。"

约摸正午,我抛下阿曼达·斯奈德"去抽根烟"。回来时我已经哭过了。我那只完美无瑕的包里还多了一瓶新买的伏特加。我的助手在吃一个鸡蛋三明治,正俯身摆弄着什么,后来我从她口中知道那叫"Frankenpod"[①],是用废弃的零件组装起来的。

"你要乐意,可以跟别人一块儿去咖啡馆吃。"

"不好意思。我不大习惯人多的地方。"

"学校里可都是人啊。"

她拔下一只耳塞,我瞥见屏幕上翻腾着黑色的影像。

"其实是我祖父辅导我的。"

"他是老师?"

"他可以说是军人。"

"你以前住在伦敦?"

"其实,在萨福克。"

我没问是萨福克的哪里。她也许会说贝克尔斯或绍斯沃

---

① 由 Franken(stein) 与 (i) Pod 构成,指用旧零件组装而成的 iPod 播放器。

尔德或奥尔德堡或布莱斯堡，一个又一个爱的名字，只属于我俩。我不想只属于我俩的萨福克被人偷走或者玷污。

"后来去考陶德了？"

"后来去了威斯汀。我变得相当有教养，学会用钥匙什么的。"

学会用钥匙？好吧，我自己也怪得很，看着她仔细放在实验台上的天鹅身体各部件，我竟一时难以辨认。我是个高度专业的人，睡着了都能把这堆破铜烂铁认个八九不离十。哪怕读邮件读得心如刀绞，也不可能看不到褪了光泽的白银，有几件颇像餐巾环。我注意到了反光的背衬薄板，本来装在玻璃棒下面，这在此类机器人中很常见。其作用是让"水"生气勃勃。不过工作台上的这些薄板是毫无生气可言了。它们着实需要敷上一层反光的银箔，当然，以后是要拆掉。身为钟表学家，我无法拒绝发条音乐盒这么个相当熟悉的东西。我不想数，可它当然有大约一千根唱针。桑佩尔先生做这个，不是为亨利·布兰德林而是——在我看来一清二楚——为他自己。大部分唱针是铜的，有些也会用钢代替。我虽兴味索然，但许多唱针显然被移到了新位置，想不知道这点都难。

这就像把一个孩子扔到熙熙攘攘的大街上让她自己走，但我就在她不远处，用余光盯着她。我在想，她祖父到底是谁？上流社会的人说"军人"，指的不是陆军元帅就是间谍。

她接着深挖骨骸。我接着焚烧过往。

其间埃里克冷不丁进来了，他穿着那套可笑的紧身条纹衣服，我满眼尽是他的腰部和宽肩膀。穿这身也太热了。他散发着常春藤餐厅的味道——闻到的是酒类一览表，不是羊倌儿馅饼。

我偷偷观察他对那个考陶德的姑娘是什么反应。他装作没看见或者不认识她，这充分证明她是他一手安插的。我疑心那"军人"其实是位董事会成员。

埃里克在屋里东蹿西跳，像只机场里的狗，然后又蹿出门去了。

片刻之后，我问那个姑娘："他说了'回见'吗？"

她咯咯直笑。

"谁会说'回见'呢？"

"博蒂·伍斯特吧，我想。"

"你这个岁数的人都没看过伍斯特。"

"斯蒂芬·弗雷演的吉福思，"她说，"我见过他一次，在沃尔伯斯威克的酒吧。"①

沃尔伯斯威克。删。

---

① 吉福思（Jeeves）和伍斯特（Wooster）是英国幽默作家伍德豪斯（P. G. Wodehouse）创作的"吉福思"系列小说中的人物。文中此处指的是上世纪九十年代初由斯蒂芬·弗雷和休·劳瑞主演的电视剧。

"你为什么觉得克罗夫特先生会说'回见'呢？"

她笑笑。

人人都觉得美国人总给自己编织梦境，但其实我们英国人才是幻想家，也并不只有克罗夫特这样。再说话时阿曼达·斯奈德的声音里融进了某种奇怪的东西："我觉得这是什么东西的脖子。"

可怜的亨利·布兰德林。他始终没拿到他的鸭子。之前我读到清单还很高兴这是只天鹅，可眼下放在工作室里，它却多了些骇人之处——一条生命、一截阴茎、圣诞节上的一根鹅脖子。它阴森、肮脏，幽冥一般的蓝灰色。在二〇一〇年的伦敦城，没有哪个地方能把这钢铁的脊椎动物精细地组装起来。

她拿着它向我伸过手来。

"别，放下。"

全无缘由，我哭了起来。

"噢亲爱的。"她说道。透过模糊的双眼，我看见午后的阳光照亮她姣好的脸庞，她的希望与痛楚。对这间屋子来说，她太清醒太仁厚了。

"贾里格小姐。"就在那时，我看到她的头发下面藏着个丑陋的塑料助听器。我反应过来她的口音是伤残人士才会有的。所以她才只戴一个耳塞。

"没关系，"我说，"我失去了一个家庭成员。仅此而已。没什么的。”

“你还好吧？”

“一点没事。有人死了。如此罢了。每天都有这样的事。”

“我能问几个问题吗？”

“不，不可以。”

这天余下的时间我让她拿好笔记本跟着我，我来口述物件的功能，她来编号。

我把取出的零部件大致分了类——好歹是个开端，虽然我们还没有接触主要的机器。

“戴上手套。”我说。

“好，”她答道，突然看着我，“那些零件让你的皮肤变得怪怪的。”

我想，她看得出来我气色不对，痛苦，可怜的姑娘，可我觉得，几乎没什么事能难倒她。

凯瑟琳 & 亨利

　　一次又一次，在凌晨时分，我跟着亨利·布兰德林寻求慰藉，他略微机械的笔迹掩盖了笔下事件的诡异。他的叙事特点，往最好了也往最坏了说，都是引人遐想。因为，他省略掉的内容常常叫人困惑、泄气。读的人本以为他住回锯木厂了，等读到后面某句才惊讶地发现，他其实坐在客栈外面的椅子上。我的脑海里浮现出凡·高画的那种椅子，可谁又能知道呢？

　　卡尔从纸上显灵了，连整个身体都看不到，只有手臂上的牧草，靴子上的烂泥。亨利显然很爱他，妒忌他跟桑佩尔走得近。那桑佩尔，"给小家伙的脑袋里灌满了危险的蠢话"。把卡尔的"玩具"做成那样，亨利断定，唯一可能的解释是"可恶的桑佩尔弄出那种东西来就是为了嘲弄我"。可作为读者的我还是倾向于另一种可能：那孩子实在聪明，这些都是他自己发明的。他有（造了？）一台玻璃感光板照相机，"浪费时间"去拍游客。至此就算告一段落了，可接着，在下一行里，卡尔又毫无征兆地出现，他在布兰德林的脚边排列伏打蓄电池。

如果伏打蓄电池就是干电池（经我证实确实是），那这里似有"年代误植"之嫌。不过当然咯，事实并非如此。亨利·布兰德林写的又不是科幻小说。

据亨利的叙述，卡尔将电池摆在客栈门外的路上，拿出一只死耗子，接着把它同电缆连接。耗子跃入空中，眼睛暴凸，"惊恐万状"，露出牙齿要向赤裸的脖颈咬去。

然后这"圣童"穿过曝晒的亚麻飞奔回去，他的"仪器"装在"行囊"里。

一个半世纪多后，有这么一位读者在肯宁顿路喝下她冰凉的伏特加。她转过头，不愿与厨房黑色玻璃里的自己形影相吊。她瞥见一个身影一闪而过：是那天使般的小精灵带着一台小型"引擎"来到了客栈。那可是一八五四年，什么叫"引擎"呢？很难根据文字想见那台"轮子一大一小"的发动机，"慢慢悠悠、摇摇晃晃"，"裹着烟尘在路上轰鸣而过"。

看到这些"小把戏小玩意"，亨利最担心的就是它们占去了制造鸭子的宝贵时间。

这位悲痛的钟表学家每天在斯温本附楼工作，她看得很清楚，如果说桑佩尔是个骗子，他同时也是个高度超前的技师。在他的时代，能设计、制造如此复杂作品的人，很难说出两位以上。桑佩尔的块头不好对付，性格又难以接近，亨利自然更乐意接受阿诺的说法，觉得那钟表匠是个野蛮的禽兽。

每天早晨我都认定这不是真的。

至于阿诺此人，我（主要凭直觉）猜他既非间谍亦非贩子，而是个走街串巷的银匠，刻意向赞助人隐瞒其身份——他知道他的真实职业一旦暴露，亨利就会捂紧口袋，不让钱财继续外流。

四〇四工作室里每天的发现也证明着这一点，揭示出他是个异常专注而执着的怪人。显然，桑佩尔是完全按照桑佩尔的想法做的；读到"鸭子"一词如此反复地出现在他主顾的手稿中，知道那不死不活的生物自始至终是只高贵的天鹅，着实令人心烦——一百十三个银环紧紧相叠，连成一长条鹅脖子；每一个银环上都雕着天鹅羽毛花纹；每件东西，我们都拍了照片、量了尺寸、称了重量、定了类别。

我身边，那个考陶德的姑娘勤快极了。她绝对是 Excel 表格方面的行家，那个电脑程序总惹得我恼火。不过工作进展缓慢。单独做的话，我一天能完成八十六个银环，载入、确认那些 JPEG 文件。添了个助手帮忙，两天也做不完。

我常常觉得，桑佩尔先生早预料到，阿曼达与我会同他设下的谜题纠缠。亨利·布兰德林认为他没用，他却能帮我们的忙，有了银环上印着的编号，我们便有了组装说明。

"坏了吗？"阿曼达·斯奈德问道，"这是处挤压的断痕吗？"

我很高兴她眼睛没有白长，可即便她干劲十足、求知欲旺盛，我还是在找借口送她走——那样我便能读我们的邮件了。其实，正因如此，我们才进程缓慢。

比方说，里面有一百二十二片银叶子，是要排成穗边或者花环围绕机器人的。我拿了一片叫她送去金属专馆。那儿有个漂亮小伙，是她"同道中人"，眉目清秀，面色红润，每天穿着他父亲尺码过大的外套来上班。

她回来禀报说，这天鹅是法国制造的。

胡说八道，但我很高兴，因为这么一来，又可以差遣她离开了。

"哎呀，"我说，"我们刚巧知道这是德国制造的。"

"怎么知道的呢？"她说。我当然不打算拿出亨利的证物。

"上面印着密涅瓦，"她坚持道，"这不就说明是法国制造的吗？"

"那个小伙儿帮你忙了吧？"

"他很博学。"

我朝她笑笑，她脸红了。看她挺喜欢那个系着时髦蓝红条纹领带的金属专馆男孩，我很满意。一个小伙儿会亲吻一个戴助听器的姑娘吗？多傻的问题。她可是个美人儿。

"是的，"我说，"但它确实是德国制造的。"

"我们怎么知道的呢？"

"我给你看。"说完我叫她看我之前发现的那个小标记。无非就是个"A"。其实是谁的都有可能。

"这个标记代表一个名叫阿诺的银匠，"我说，"他的名字是胡格诺教派的[①]，但事实上他在德国工作。"

我该感到害臊才是（哪怕最后发现我完全说对了）。

"至于密涅瓦嘛，那是法国的金属化验所印上去的，好让它在法国销售。一八七〇年开过一次'巴黎国际博览会'。这天鹅可能在那儿展出过。所以你的下一个作业来啦，阿曼达。你跟大英博物馆那边熟吗？"

当然熟。她人见人爱。

那时我还没想到，我会想念她，甚或在第二天中午，满心等待她回来。她是三点左右来的，为过周末打扮停当，博柏利提包，利伯提围巾。彩色紧身衣难看极了，这些城里的富家女为啥要穿成这样？

"你要去过周末了是吧？"她向我汇报此行所得时我问她。

"是去看我祖父。"

"很好。"

_____

① "阿诺"（Arnaud）是法国名字，如前文注释中所说，胡格诺教派是法国新教徒形成的派别。

"我爱他。我知道这听起来挺怪，但我是说真的，"她都在瞪着我了，"你在乡下有住处吗？"

当时我正在删绍斯沃尔德那片草地的 JPEG 文件。我脸上不带一丝笑，只是摇摇头。

"我为你的朋友感到难过。"

她如此心思细密，一开始我还很感激，随后才惊觉，关于我的事，她显然知道得太多了。

凯瑟琳

自打拿开防水油布，我就守着那"基座"——会议记录中的这一叫法并不太准确。说是个抹了沥青的木船壳，兴许更好理解。一看便知，它本来是装那发条装置的，虽然这点洞见无补于当前的工作——我们要做的是修复机器，再把它嵌上一个新底座。

所以待我回到工作间，看到那考陶德的姑娘竟没在研究桑佩尔的惊世杰作，倒是端详起这脏兮兮的船壳来——那东西扎眼得就像乡间小路上一只给碾成肉饼的刺猬——我自然大为光火。

先后三次，我都有理由直接把她拖走；第四次我开骂了："给我回去工作，该死的！"

她只摇摇头。"接着说，贾里格小姐，承认吧，你只是有点入迷罢了。"

我本可以扇她耳光。要不是埃里克闯进来，天知道会出什么事。像往常一样，他全然无视我的助手。他叫我"猫咪"，非要我给音乐盒上发条。随后他踩着旋律的节拍表演起杂耍来，舞步笨拙得可怜。

"妙啊，真妙啊，"他说道，一边揉擦着他干燥的宽手掌，"这是世上的第十六大奇迹。"说完他走了。

我叫阿曼达帮我移开那个最大的弹簧，她似乎把船壳的事丢在脑后了。她昂贵的套衫沾上了油，可好像满不在乎。我长篇大论劝她穿上防尘外衣，她听着，不耐烦近乎写在脸上。

"难道不可爱吗？"看我骂完了，她说道。

"是挺可爱。"

"这就是我该死的工作，不是吗？"

这小妮子。我只好笑了。

音乐盒的弹簧已经严重老化，而且一看就是手工制作。其肌理极为细密，跟现代的弹簧有天壤之别。等携手把它拿到了工作台上，我俩已是一身油污。她的套衫算是毁了，可她脸却红扑扑的，眼神熠熠发光。

这短暂的片刻，是马修死后我第一次觉得自己活着。可当然，直到所有温暖已经消失殆尽，我才后知后觉。

已是下午五点，但我装作没注意。我们动手研究那小锤的骨架，就此成为了一个世纪里第一批读到钟上神秘暗码的人。这是一个真正的秘密。这感觉多有趣。发现我都不必多嘴叫她开灯，好让我们拍照留档，又是何等愉快的事！她已然证明自己是照相的行家。

她那厢正忙活，我细察起发条盒来——尽管有些唱针换过，多数却还是最初的，所以说一部分音乐想必也是最初的。我用碳素印相纸卷起发条盒，由此得到的影像便可以扫描下来。随后轻敲鼠标两三下，我将唱针的图样传给了乌特勒支"机械音乐博物馆"里的一个可爱家伙，他很快就会找一天在钢琴上把那段音乐弹出来，再把 MP3 文件发还给我。我想，桑佩尔先生若是看到这些奇迹，是丝毫不会大惊小怪的。

　　照片拍完时将近六点了，阿曼达却不走。我一边把她的照片载入电脑，一边夸奖她。确实该夸，因为她做得详尽而有条理。

　　"你知道那个东西，"她最后说道，"那个你不赞成我看的东西。"

　　"是的，阿曼达。"我忙着在苹果电脑上给那些天鹅 JPEG 文件重新编号。

　　"我一直在看那个。"

　　"有很多别的东西更值得你去研究。"

　　"你称它为'船壳'。"

　　"无所谓。这不劳你费心。"

　　做下属的，理应听出这里的话音，她却不依不饶。

　　"我是想弄清楚，承载着发动机，它还能不能浮起来。"

　　我没作声。

"我物理没得救，"她激动地说道，"实在差劲。"

"唉好吧，这也没啥好说的。"

"可那样真的会很壮观，不是吗？要是当初这天鹅身下的假水同真水连成一片。抱歉。我知道我很烦人。"

她确实是很烦人。

"抱歉，"她说道，"看着它我就迈不动步子。"

我对此不加评论。

"我画了张草图。"说着她打开她的 Moleskine 笔记本。

"阿曼达，"我说道，"你已经不是在大学里了。我们的好奇心不是不求结果的。我们不是要开研讨会。我们受雇，是要做一份非常特别的工作。"不过我当然看了她那张该死的草图。她画出了狭长的板条和双层木外壳。她的笔迹很漂亮，对这么年轻的人来说，自信得异乎寻常，而这也是她性格的主要问题。

"黑色粉笔，"她说，"我知道这做作得一塌糊涂。"

"为什么？"

"我又不是乔尔乔涅①。"

不知道是怎样的机缘巧合，才让我碰上这么个主张比天大的年轻管理员。我看到如今我的工作，不光是要修复天

---
① 乔尔乔涅（Giorgione，1478—1510），意大利文艺复兴时期威尼斯画派主要画家。

鹅，还得遏制住这股险恶的力量。

我拿了她的本子，合上。

"你觉得你能写出一份状况报告吗？或许那样你便能有效地集中精神？"

我并不单单是在对一个初学者宽宏大量。说真的，我毫不怀疑，到最后那报告基本上会是我在写，但如果克罗夫蒂诚心想做份目录，这张详尽的草图能揭示的东西，哪怕是拍得最好的照片也远远赶不上。

"请问，"她说道，"我可以给你看点新的东西吗？"

她不明白我对她好是要担风险的吗？看来确实不明白，因为她又走回船壳前了。她就像寺庙里的一只丽蝇，只对一堆大便感兴趣。

"我总觉得这东西可能干腐了。"

是的，她说对了——在脊梁，或者你也可以叫它龙骨的下方几英寸处，有一处缺陷。一块沥青掉了，暴露出一段灰色的原木。

"看。"我都没来得及拦住她，她已剥了剥沥青脱落处的破碎边缘，一整片木头掉了下来。

"不！"我被自己嘴里发出的难听声响吓坏了，粗哑刺耳得像海鸥叫。

"对不起。"我吓到她了。

"别在意，"我说，"算帮我忙，忘了吧。"

"噢，可我在意。我十分在意。我把事儿弄得一团糟。"

我看着这可怜的邋遢美人儿，看到她脖子里的项链、身上的油污，顿时明白我俩的模样准是怪得不行。我大笑起来。她却登时哭了。

"对不起。对不起。我弄坏它了。别笑了。你不准——"

我怎么能不为她感到难过呢？"不如你把我桌上那支电筒笔拿过来吧。"

"笔？"

"是个小 LED 灯，开关上涂了蓝色指甲油。"

她回来时肮脏、油腻，伸手打着灯。

我们将损伤处检查了一番，明明白白，她说得一点没错，确实是干腐了。藉着这个借口，就能名正言顺地让她别再盯着船壳不放了。

不过，那个洞有五十便士硬币大小，而 LED 灯的聚光很紧密，当我将白晃晃的光照进那窟窿时，我看到了极为异样的东西。

"阿曼达，过来。"我说。这话可真傻。

"我做了什么？"

"告诉我你看到了什么。"

"谢谢，"她说道，"非常感谢。"她接过手电，夹在拇指和食指之间。

"噢，贾里格小姐。"

"怎样?"

"是个方块。"她最后说。"是个一立方英寸的方块。矢车菊蓝。我对颜色很在行,"她颇为狂热地说,"我要查一查潘通号码,但我确信这是矢车菊蓝。"

这会对她产生什么影响,我一分钟也没去想。我只想到卡尔的蓝色积木,他巧妙的戏法。发现他竟深埋在这船壳里,我激动得透不过气来。

2

我删掉了,永永远远,沃尔伯斯威克村后那透过松林投射下来的圣洁日光,邓尼奇那鲜花盛开的灌木丛,晒得黝黑的马修,他笑容中那英国人独有的、可爱的羞涩,一只手插进口袋,眼睛躲在眉毛的阴影里。我删了他的白衬衫,他的宽松长裤,他倚靠的那棵劫后余生的榆树。亲爱的马蒂·T。不修边幅却俊逸非凡,我们国家熏陶出的这类尤物,马修算得上一个。删。

我也删了邦盖、沃尔伯斯威克、奥尔德堡和邓尼奇的JPEG文件,还有马厩后面那忧郁的混凝土防空洞。

阿曼达进屋了,朝我直冲过来。我收起手上的活,夸赞她发型剪得好,戴上天鹅绒帽,十足上世纪六十年代的派头。

她则投桃报李，说我的丝绸裤子漂亮。我本以为，这大小姐看不上学人草地街①出品的货色，所以我很高兴。

我把她带到房间另一头，紧挨着盥洗室，离破损的船壳最远的位置。晚了，当然，可那时我还不知道。

我摆出那些银质小鱼，等天鹅最终活过来，就会"吃"它们。这些鱼将沿轨迹"游泳"。我给她时间，容她一点点看清眼前的东西——比如说，鱼尾上压印的戳记。她拿出Moleskine笔记本，做了笔记。我让她把轨道细查一番，她立时心领神会。我不愿煞风景，没告诉她现在只剩七条鱼了，而根据针孔推断，本来应该还有十二件别的装饰物。这算是我留给她的礼物。

我开始处理那些银环，清除积了一世纪的层层油污。我才开了个头她就撂挑子不干了。

我心想，又怎么了？她却走到自己的登山包前，扯出一件防尘外衣，一只袖子上绣着一个词儿，从袖口直跨到肘部。她看到我在看。

"是个男孩子。"她道，意思说绣的是个人名。她卷起袖管遮住名字。

"格斯。"她说，脸红了。我突然想到当个艺术生多好，又是这么年轻。我当初进高德史密斯学院时，幻想着将来作

———————
① 位于巴黎第六区。

画，带给自己心灵的平静。结果我却发现了性。如今这妙龄少女的肌肤触痛了我。想到这小东西偎着她的年轻男友睡觉，脸窝在他的脖子里，真是又苦又甜。

"我一晚上都在想那个方块。"她说。

"好了，你现在有那些鱼可以想了。"

"贾里格小姐，我能给你看点东西吗？"

"我宁愿你去把那些鱼给弄好。"

可这任性的小蹄子从登山包里取出了简简单单的一小方硬纸板。搭一个立方体或许很简单，但这个做得非常漂亮。待她放到我面前，我一看，它简直纯白无瑕。要是她懂得按吩咐行事，她会是个相当不错的管理员。

"打开。"她命令道。

"为什么？"我愤愤然问。

"请打开吧。"

方块约摸有三英寸宽。"嗯，空心的。现在请你回到工作台去。你还有工作。"

"是的，打开吧，展平。"

我又一次发现自己在照她的要求做。

"你看。"她说。

"什么？"

"方块一经展开，"她坚持说下去，"就会变成有六部分的十字架。方块里耶和华隐藏。十字架上耶和华现身。是不是很酷？"

"不，"说着我把纸板还给她，"你已经够神秘了。用不着胡编乱造。"

"噢别动气，"她说，"不是编的。"

我抬起眉毛。

"请听我说，贾里格小姐。很美不是吗？不是我多愁善感。我一直在读有关方块的书。方块是'上帝那儿开采来的灵魂'。我想的当然是我们手上这块，为什么它会在那儿。"

"别，阿曼达，这就住嘴吧。真的。立时立刻。我们来这儿不是要围绕那船壳编故事。我们是来这儿修复这非同寻常的物件的。现实世界已经够美了。完工时它保管让你寒毛直竖。"

但她非要说下去。"这三维的立方是在用几何形式表达耶和华的圣名。你是信教的。对不起。"

"我一点也不信教。你都没遇上过像我这么不信教的人。这就给我去做该死的工作，别拆东西了。"

可我太冷冰冰啦。她眼里没有丝毫恐惧。说真的她仿佛要哭出来了。所以我实在是很讨厌跟年轻女人一起工作。

"不是你的错，"我说，"我是那种你们所谓的'理性主义者'。"

我扯住她的袖子，把她的外套卷起来。"去吧，"我说，

"好生处理那些鱼。"

她的男孩名叫格斯。我在考陶德念书时的男友叫马库斯。他是个公认的天才。很多年没想到他了，可现在，我一边轻轻除去层层油污，一边生动回忆起旧时光来：我站在几棵伦敦悬铃木下面，看着魁梧的马库斯挥动"表现力充沛的"双手，坚称人类绝对是可以自燃的。刚开始听他说，我带着幻想中的爱慕之情，而那天清晨，我俩走出林子踏上波特曼广场时，我全没意识到胸中炽烈的怒火。

可就像今天我没憋住怒气一样，那天我还是爆发了。我真的不知道要说什么，"扯犊子！"

马库斯个子很高，但我穿着平底鞋也只比他矮一英寸，所以我的头顶恰好与他相当漂亮的眼睛持平，我想，当时那对眼珠像极了牡蛎，而且是一只正在感受柠檬汁喷洒的牡蛎。能想出这样残酷的比喻，我颇为自得。

"扯犊子？"他说，讨人厌地皱了皱嘴，"看在耶稣分上，这叫什么词儿呢？"

时髦词儿，我心想，所以你准是熟悉的，不管你怎么抵赖。

"扯犊子。"他乜斜着眼，仿佛要低头看我，可他把头再怎么转，这都是办不到的。

"马库斯，你怎么就觉得会有那样的事呢？一个人自己烧起来？"

"什么?"他像个坐在后排的男孩,跟不上那门课的内容。

"干草堆才会自燃呢。"

"胡说八道,猫咪。"

我疑心马库斯没准其实挺笨的。之前我从没想过这点,可他仍旧随身带着科林·威尔逊[①]那本荒诞不经的书。蒙他发现时,此书已是破旧肮脏不堪,狗在上面撒过尿似的,而他却拿着书上床,还用镇纸压平,边吃早饭边读。

书名叫《神秘学》,满纸陈旧的荒唐话,虽然一开始我并没过分苛责他。他压根不笨,事实上还很有头脑,但恰如肯宁顿路的花园后来为一窝狐狸占领,那年月的伦敦正遭逢科林·威尔逊的再度入侵,我们这一群,活在大麻虚假的旧梦氤氲中,连最笃实的无神论者都深觉必须向你大声朗读《以西结书》——据说它写的是一只飞碟的独特运行。一派胡言,可我淹留在这时间的隧道里,直到有一天,我突然受够了。

"马库斯,你很清楚人是不会自动烧起来的。"

"别发脾气。"他不是头一次说这些话了,所以没道理觉得自己有任何过火之处。

---

① 科林·威尔逊(Colin Wilson, 1931—2013),英国作家,以哲学著作与小说崭露头角,也写了许多关于真实犯罪、神秘与超自然事件的作品。后文提及的《神秘学》一书出版于一九七一年。

他是个漂亮男孩，深蓝色眼眸，长睫毛。他高高的个子，一副过时的宽肩膀，眼神里透出的神采，告诉我他绝非无知之辈，像他这种造物，合该被铸成大理石像，永远供人瞻仰。漂亮归漂亮，他在我眼里却是最有理智的年轻人。正是他耐心克服我对光谱分析课程歇斯底里的抵触。

"人为什么会自燃？"我在笑，可直视着他的眼睛，我感到耳朵里嗡嗡响起一阵令人沉醉难以自拔的声音。

"我不知道。"

"那你干吗要相信这种鬼话？"

"噢看在上帝分上，凯瑟琳，别这么无趣。"

"可你为什么觉得人会自动烧起来呢？"

"为什么不会呢？"

多年后回顾往事，想想当时的我又古板又虚荣又妄自尊大，可当马库斯·斯坦伍德说"为什么不"时，我不敢相信我竟把珍贵的身体献给了一个能说出这种话的男人。

"那是胡说八道。荒唐透了。"

"无法解释，"他大叫，"耶稣基督他妈的从死里复活①。人们着火而我们不知道为什么。"

随后，全然出乎我的意料，他调转脚跟，穿过广场，消

---

① 根据《圣经·新约》中的《四福音书》以及《使徒行传》记载，耶稣被钉十字架死去，三天后复活。

失在悬铃木的树影里。那时我才后知后觉，他是要跟我分手。我不想让他这样的。这并非我的本意。

这件事过去不久我便从艺术学校退学了。我去威斯汀学起了钟表学。

阿曼达·斯奈德和我在死寂的沉默中工作到吃午饭，当时她尚未想到那些不知所踪的装饰物可能是芦苇。阴云蔽日，工作室的百叶窗失却了光辉。

一点整，她过来站在了我身后。

"好啦。"她说道，把一只手轻轻搁到我的肩膀上。

"当然，"我说，"过会儿我就自己去吃。"

"不，我是求您别的事。要是我不吵，推论、思考都放在心里，能不能准我看一眼那蓝色方块？"

"你觉得你当真得看？"

"我想了一晚上了。它怎么会在那儿的。表示什么。"

实在没什么说得过去的办法不让她看，于是我把 LED 电筒推过桌面。我的漠然是表现得再清楚不过了。

"贾里格小姐。"

"我正工作呢。"

"贾里格小姐。"

我边放下圆环边叹了口气。"好，阿曼达，又怎么啦？"

"有人动过了。"她说。

"胡说，"我说道，"给我看。"

"你自己看吧。"

我从她手里接过手电，窥入洞窟。我早已知道里面除了一点钻蛀虫的尘屑什么也没有。她看着我。我不想看她，可在那短暂的一刻，我发现自己正遭到无礼的质问。

我借口通知埃里克·克罗夫特，溜之大吉。

3

之后我们并没有从象征、宗教或是物理层面讨论那蓝色方块。事实上根本就几乎没有说话。我拿了纸笔去干活，试图画出那台游鱼装置的各部件——鱼儿坐落的轨道、底座、杠杆、凸轮和滚轴——如何能成功一齐工作。

我花了快两天才确定，是天鹅的脖子直接控制着鱼的行动。这一联系是靠一组小杠杆达成，我先前就已意识到，却没当回事儿。我想当然地以为鱼要么顺时针游要么逆时针游，我浪费了大量脑力判断到底是哪种方向。可当然，举凡那怪人桑佩尔感兴趣的东西，势必不会这么简单，正因如此，才会有七根滚轴是双动式的。鱼被设计成往两个方向游。意即，有两组"队伍"：四条鱼顺时针游，三条逆时针。那些鱼，正如我最终给阿曼达·斯奈德机会说话时她说的那样，更像是在"追逐嬉戏"。这装置可真精巧，机器玩偶脖子一转头一低（那"天鹅"仿佛要猛冲向它们），鱼便会迅速躲开。领会到这点，我的助手不禁蹦了起来。我又敢喜欢她了。

　　然后我们的常客来了，我的助手把她的千分尺拿去了角落。克罗夫蒂始终不太会用布莱尼姆须后香水，最近一次搽的还残留在脸上隐隐闪光。这种须后香水"喷一次得二十五镑"——跟我提起这个总能带给他一种恶狠狠的愉悦，不过今天早上他颇为古怪，脾气也坏。我盼着等他看到我的草图，坏心情会随之消散。

　　"这是怎么回事？"他询问道，说的是我前臂的瘀伤。

　　"亏你问得出来，"我说，"什么样的男人会问一个女人她是哪儿弄到的瘀伤啊？"

　　"你还好吧？"他不罢休，气冲冲的，正对着我的脸。

　　我不喜欢"还好"暗指的意思。

　　"我在浴室里滑的，够了吧？"

　　"怎么滑的？"

　　"我……在……浴室里……滑的……埃里克。"阿曼达似乎正盯着她的"Frankenpod"。她漂亮的脖子苍白、宁静。

　　我不确定我是怎么受伤的，只知道当时我醉得一塌糊涂。第二天早上醒来，发现浴室的帘子全被扯了下来。我只极为模糊地记得自己跌倒了，可看样子我还喝光了一瓶伏特加，把三只发条闹钟搁进了冰箱。

　　"你应该去买条橡胶毯子。"

"确实。"我说。

他还是没留意我的草图。

"你不想看看我们的成果吗？"我说，"相当了不得啊。"

"当然。我晚点下午会来的。我正要去看牙医呢。"这时候阿曼达·斯奈德猛地一抬头，埃里克说："早上好。"

"好啊克罗夫特先生。"她说完，立马重新忙活了起来。

"你牙疼吗？"我问埃里克。

可他的目光却投进工作台上的零件之间，仿佛是在玩室内游戏，要努力全记下来。"什么？"他问道，可压根没想要我回答。

我看着他来回打量工作台，检查银项圈，但只是心不在焉地随意浏览。

"顺道来罢了。我走了。"直到这时候，在他去门口的半路上，他才好像注意到那干枯的朽物，尽管他的"注意"完全是装腔作势——从他站的位置甚至看不到船壳上的破损处，他脖子扭得再畸形也于事无补。

"下个礼拜我会叫乔治来看看。"我说。

"是的，乔治。"他说，可这无耻之徒自己带了 LED 电筒，现在他一俯身，沉着脸看进那窟窿里去。

我的笑声不可能很悦耳，不过他似乎也没听见。他探看完毕起身，表情狰狞而内疚。他边离开房间，边把 LED 电筒轻轻塞入裤袋。

他走了，屋里唯有布莱尼姆香水的芳香盘桓不去，我将注意力转到了那考陶德的姑娘身上：她正在用千分尺测量一条轨道。一只贝克莱特发卡将她的浓密秀发绾在脑后，脖子上泛起的阵阵红晕无从遮挡。

我或许本该问，她那亲爱的祖父是不是跟埃里克有交情，不过已经没必要了。你个小间谍，我心想。这天余下的时间里我对她很冷漠。走的时候我没有道晚安。

浴室里摔的那跤把我吓坏了，可黄昏时我还是如常走进肯宁顿路的酒铺，眼波似水的大善人阿默德早已在柜台上备好了一瓶冰镇苏连红。埃里克可以问"你还好吧"，但整个伦敦城只有阿默德知道我喝多少酒。可至少他不晓得我把钟放进了冰箱。这很严重。我是听着钟表声长大的，那一直是抚慰我的良药，机芯组成的交响如大海的浪潮，是吞噬一切的自然规律。把钟冰起来是极端的暴行，我没法向任何人解释。

我穿过肯宁顿路，没有被撞倒。一进屋我就打开所有窗户，点燃薰衣草蜡烛，想除净恶臭。伏特加放进冷藏室，片刻过后拿出来了。

我坐在沙发上，是张普普通通的尼尔森长沙发，很好地体现了那种带有浓重贵格会做派的现代主义，我向来心仪。从那儿你可以抬头向高高的后窗外望去，欣赏栗树的魅魅剪影，聆听乌鸦为夺地盘争吵不休，看着天空慢慢变成墨色，从来不会全黑一片，永远是那伦敦的自杀机器在夜空中燃烧。

窗下靠墙的位置是个布鲁诺·马松书架。看样子，我在它惯常的光秃表面上——前一晚享受冒险之旅的中途——摆放了一块蓝色积木。为什么不呢？很漂亮的颜色。我对照明显然下了很大工夫，用的正是马修从马里波恩大街上的康蓝家居店买的那盏小型阅读台灯。现在我又胡乱摆弄起来，直到那件纪念品正对着我的表面都荡然没了阴影。

随后我一口一口抿着我的伏特加。

它通体发亮，我偷来的珍宝，很难捕捉，悲伤又忧郁，一间蓝色的书斋，却又有几分像三千个夏夜前一个小男孩放在床下的拖鞋。很快，但不是立刻，我的思绪开始沿亨利·布兰德林的道路飘荡，草地上的窄径，四周的草芜蔓、枯黄而伤痕累累，清新的小道，通向活蹦乱跳的“野兔”小卡尔，聪明伶俐的卡尔，如今早成死人一具。卡尔化作枯骨碎屑，而制作、了解那方块的头脑也已灰飞烟灭，比黑夜里的一星萤火虫还要暗弱，甚至不如木盒里的一只知了。在这一刻，正当我喝干杯中的酒，我听见了我那些时钟发出的音乐，就像昨晚一样。发条组成的管弦乐队永远意味着克勒肯威尔、抚慰、安全、平静。我耗尽一生，愚蠢地被滴答滴答的时钟勾引，从不费心去听听那背后的恐怖声音。

我寻找亨利，活着的亨利，好心肠的亨利。在这无尽的黑夜，他的陪伴是多么必不可少。我读。他写。

亨利

　　桑佩尔的笔记本里夹着一堆不堪入目的散页图表和石印品，绘制的是这种或那种机轮。从这乱摊子里他抽出一张密密麻麻写满注脚的纸条，杂七杂八地尽是修补订正。他急切想告诉我这是张天使的名单。随后，果不其然，他把条子塞回摊子里，不准再多嘴议论一句。

　　"那你又何必给我看呢？"

　　他朝那男孩戳出长下巴，后者正静静地坐在窗边，用锉刀磨一块金属。

　　"那上头有他的名字。"他说。

　　"他是天使？我原以为你是说不出这种蠢话来的。"

　　若果富特旺根真有位撒拉弗①，他当然不会长着这样的脏指甲和古怪的长手指。好些讨厌鬼把这几根手指视作圣体②，而卡尔学着用迷迭香擦拭"信众"来治病救人。我自己的宝贝儿子整天散发着梨牌香皂的气味，不过卡尔也一样讨人欢喜——人未到，一股尘世的芳香早已飘然而至。

　　他不是天使。他或许是个长着漂亮脑袋的聪明男孩。他制作了一个从电缆上跃起的小鹿玩偶。据传他把它卖给了那包装工。一件类似物品的买家据说是个得了痨病的男爵，还有一件到了一个英国男孩手里，跟佩西一样，他是亲人的心头肉，却也疾病缠身。要是佩西带给我这些礼物，我当视若珍宝，可换了卡尔，只会徒增我的烦恼。他对我的价值在于他是作坊的发动机。他不在，工作就会慢下来。他一跑上楼，榔头的敲击加快了，板条的呼呼声也提速了。

佩西只需要我的礼物。看到卡尔送来方盒子我退缩了，要不是他妈妈抓住我的手，我已经离开房间。我的思绪在另一个国度，那里的地面是湿的，空气里充满硫黄的味道。桑佩尔揪住我，海尔格太太拉着我的拇指甲划过那光洁的表面。扣动开关。盖子猛地打开。弹出来一个六英寸高的英国人。

一脸汗毛，两眼暴凸，一顶高帽戴在他硕大的方脑袋上，这怪异的人偶代表我，一个已经被痨病夺走一个孩子的男人。我没说要玩具。我只想看到我花钱叫他们做的东西。

"我想去报警。"我大喊。

桑佩尔满脸怒容，海尔格太太的脸却跟她儿子一样悲戚。"布兰德林先生，我们可送了你一件礼物啊。"

---

① 《圣经》中守卫上帝宝座的六翼天使。
② 基督教在圣餐中经过"祝圣"的面饼。

"你们偷了我的图纸。"

"不，布兰德林先生。"那男孩说道。他的脸惨白如死。

"我们遵照您的指示，"海尔格太太说，"您付我们工钱的。"

能让他们如此害怕，我是异常高兴。"说得很对，海尔格太太，就是桑佩尔先生一点儿拿不出证明啊。他忙上几阵。再哄我两句。可我只看到我的钱都流进了他的兜里。"

桑佩尔的大脸径直冲到我的面前。他拧了拧我的脸颊。我拍走他的手，他惊讶地笑出声来，或者说咕哝了几句。

"纵使你是教皇，"他嘶嘶地说，"纵使你是耶稣基督本人，我照样不让你看我的工作。我得先干到你看得懂的阶段啊。"

也许桑佩尔向海尔格太太使了个眼色。要真是那样，我也没看到。不管怎样，这会儿她确确实实宣布："带你去看。"

我跟随他们，没有上楼，而是出门走进锯木厂漆黑阴冷的空气中。现在，置身一间先前一无所知的夏日工坊，我看到了一个沉重的工作台，新近建造在背阴的水流上方。台子前面是三根支架。支架上搭建了一件桶形穹顶状的东西，是条小划艇的船壳，可太短，弧度也太圆，派不上真用场。

我们四个聚拢在这怪玩意儿周围。

"这究竟是什么东西？"

桑佩尔还敢耸肩。"我早说过,你看不懂的。"

"我的图纸上说要造一艘船?"

"我给你船了?"

"那这到底是什么东西?"

"你有个池塘,"那可笑的桑佩尔说道,"这一设计,是要让池塘里的水冲刷过船舷,然后沿这沟槽流,如此一来,整个漂浮装置便会没在水下。这时你的鸭子便会出来游泳,吃那些奋力逃命的鱼。"

亲爱的上帝啊,我的男孩儿躺在床上,他的面颊苍白,每小时,吸血鬼都在吸走他的血。

"鸭子不吃鱼。"

桑佩尔长叹一声,低下头,用拇指和食指撑住裸露的眉毛。"秋沙鸭几乎不吃别的。但这不是重点。"

"我没有池塘。"我大声说。我心想,我有个男孩儿,心肝宝贝我绝不能失去。

"你总有点什么的。一个水塘,一个池子。你是个英国绅士。我说得可对?"现在他笑得像个马戏团的魔术师。我不能说实话,保育室里确有个硫黄蓄水池。

我说:"沃康松的鸭子吃谷子。"

或许他察觉了我的苦恼,再说话时声音和蔼了。"各方面的真相都在你手里,"他说,"但在一点上,却错了。问我吧,布兰德林先生,问我,错在哪里?我会告诉你的——我不是沃康松。"他笑起来，拍拍我的背仿佛在安慰我。"问我，伦敦是什么？"

"相信你会告诉我的。"

"伦敦是天上的宝石。"桑佩尔先生对我说，如今他的声音柔软如天鹅绒。"我原先不知道。离开富特旺根，我并没想要追求高贵的人生。我是逃开我的宿命，免得自己犯下弑父之罪。跟我来，"他说，递给我他的手帕，"我不是沃康松。感谢耶稣，我们达成了这点共识。"

亲爱的佩西，原谅我。

2

说来吊诡，这两番冲突，反倒在我俩间建立起了更亲密的关系。我们还养成了在暮色凄然中相偕漫步的习惯。至于他对我的个人生活几乎不感兴趣，我着实无所谓。说实话我巴不得如此呢。而且他的言谈也少有枯燥的时候。比如说，有次散步途中，在一条沟壑边缘，他透露他曾计划谋杀父亲，预备让一棵树倒在他床上。惜乎（他的原词儿）有个滑轮卡住了，树倒向了另一间屋。他现在认识到，这是他机械发明生涯真正的处子作。他就这样同我古怪地说着，丝毫看不到悔意，唯有对自己天才的钦佩。

我要的就是天才，所以我不敢评判他。

父母没杀成——计划若是成功，他俩当然早归天了——他便登上一个原木木筏，颠簸而去。"压根不晓得我正漂向另一个星座。"

昏暗里，一头德国山羊正颤巍巍攀上光秃尽是岩石的山冈。"我这一辈子，难道不是个奇迹？"他说。

他承认自己对英国人曾怀有"典型的乡下人的偏见"，直到在阿维尼翁结识了一个英国女子，跟她去了伦敦。待她让他看到，家乡山谷外的天地是何等绚丽，他恨不得发起一场洪灾，把整个黑森林统统冲进海里。

我能听到山羊悲伤的叫唤。我只能看到路上煞白的粉笔标记。

可桑佩尔，桑佩尔在伦敦，已经身处世界的未来。奇迹围绕着他，他这么告诉我。我可知道何为气压计？我可见过热气球？富特旺根的人没一个见过气球，他说。他若是在他们上空飘过，他们不会看到他的。他们就像新南威尔士州①的野人，连英国船都没见过，因为他们根本不知道有这种东西存在。

他想知道，我有没有想过，我也可能受这鼠目寸光之苦？要是我走在这条路上，突然邂逅一群闪耀的海马，一时灯火通明，我会如何？我能看见原本断定不可能出现的景

_____

① 澳大利亚州名。

象吗?

远处海尔格太太打铃叫吃晚饭。于是桑佩尔先生说他不愿制造假的消化系统。他不是骗子。他试图说服我去摸他的腹部,他说那儿有道伤疤,切口直接向他下达了指示。

我假装误解了他的意思,他只好快步跟上我,朝响铃走去。

3

所幸那晚我们并没有回到伤疤的话题上去,不过等用过晚餐,卡尔和海尔格太太睡觉了,他拿出一个布头包裹,我心想大概是一大块肉,山羊腿吧,给狗吃的骨头。

我在写东西。他自作主张坐了过来,往我的纸页上扔下一小片银叶。我心怀恐慌地夸了几句,希望它跟我没关系。

"也许这个更讨你喜欢。"他说道,慢慢把一直放在腿上的那一大包东西拆开。根本不是什么骨头,而是五个锃亮的钢铁零件,互相铰接着。

"脖子,"他说,"给你儿子的。"

可哪只鸭都长不出这种脖子。恐怕我有点儿惊慌失措了。

"听我说,我的资助人"——他揪住我的手——"您一定得高兴啊。您一定得庆祝您的好运道。"

我是哭的心都有。

"想想，先生，"他嬉皮笑脸道，"要是您溜达进卡尔斯鲁厄的一家二等客栈，到头来总不可能收获这个吧？"

"可这不是鸭子。"

我没法叫他羞愧。他用手臂和巴掌跳起蛇舞，异常柔软、灵活，移到下方拿了盐瓶，随后轻轻一抖，它便沿着袖子滑落了。骗了我的钱，偷了我的东西，他竟还站着，洋洋得意。

"脖子太长了，"我坚持道，"你必须承认。"

他先是深沉嘶哑地大笑，接着眼睛亮起来，一脸古怪的严肃。

"就作为阳性器官而言，那确实是不可能的。"

只怕是我发出呻吟了吧。无论如何，都是我自己的激烈情绪害的。

"我是个粗人，是的，可请仔细观察您的钱造出的精品。每一英寸的公差在千分之零点五。想想看。瞧这些部件之间怎么动来动去，它们怎么转的。"

"这是个什么东西，先生？"

"布兰德林先生，这会是只最最惊世骇俗的天鹅。"

"你这该死的家伙，你不是人吗？没人会把一只天鹅给孩子。"

"你会是头一个这么做的。"

“你不能造只天鹅当玩具。”

“可我根本不想造玩具。”

“天鹅会弄碎人的骨头。还杀人呢，老兄。”

“布兰德林先生，也许你说的是对的，但天鹅也会向年轻女士求爱。这只天鹅不会做那些事儿。造它出来是为了逗孩子开心。它会漂亮又友善。没人会受伤。没什么会丢掉性命。连那些鱼也会从死里复活，重新游动。”

“奇迹啊。”我说道。

“你在挖苦我？”

不，我是火冒三丈。不过随后，气头上的我瞥见了那半满的杯子。桑佩尔自是粗鲁又自负，可会不会我想让鸭子做的事，这新玩意儿照样也能做？会不会这也能达成“吸引鼓舞”？为什么不会呢？

“英国人总爱挖苦别人，”桑佩尔说道，“可当你说‘奇迹’，我得说是的，它就是奇迹。正如奇迹把你带到了卡尔斯鲁厄贝克太太的客栈，奇迹也把我带去了伦敦的草地滚木球弄。别，坐吧。请留步。你生气了。你感到无能为力，可你是资助人，你没有意识到你让一个什么样的作品诞生了。你根本不知道自己的力量有多大。

“亨利，那时我把十一个字挂在嘴上：‘我是个优秀的瑞士钟表匠。’这句谎话没给我好果子吃。等我到草地滚木球弄时，身上只剩两个钢镚儿了。你知道‘席格彭’这个姓吗？"

老爸倒是有只从"席格彭和司威特"买的怀表。

"是叫花子的意思①。当时我这个席格彭饥寒交迫，驻足在席格彭商号的橱窗前，仅仅因为上面有我的姓，贴着金箔，像家烟草商店。玻璃后面，摆着一台找遍富特旺根也没人懂的仪器。事实上，是台气压计。"

"走进大门，我看到一个系着皮围裙的英国小伙儿。我像平时一样扯谎说自己是瑞士人。他干了什么？快问我他干了什么。"

不必了。

"呵，布兰德林先生，他找来了席格彭先生，真是个十足的黑森林人。我一张嘴他就认定我是个不成器的傻蛋。不过，"桑佩尔说道，一边抓着我的手腕，仿佛我能救他似的，"不过，布兰德林先生，听到乡音我高兴极了，便恳求他让我干一个礼拜活，不要工钱。"

席格彭的仪器厂要的是钳床工。

桑佩尔立马说他就是干那个的。

席格彭看起来是个精明的老家伙，两道浓眉下一双锐利的蓝眼睛，灰白的头发向后梳，用一条缎带扎紧。

---

① Thigpen 这一姓氏又作 Thigpenny，正是"thig"（乞求）加上"penny"（硬币）。

"你是瑞士人？"他对桑佩尔嘲讽道，"这会儿要做钳床工了？"

他叫这年轻人摊开手掌。人们早已断定，这双手太大，没法从事英国的钟表行当。

"你喜欢自己的手吗？"席格彭问道，"你觉得你使唤得了自己的手吗？"他自然要吓吓桑佩尔，因为他知道的钟表匠专用车床都是很小的。

"走吧，傻蛋，"席格彭说，"跟我来。"

他带路穿过长椅间满满当当的钟表匠，他们正在做祷告，活像一众神学院学生，再走到外屋边上，进入另一座工厂。这厂子一径通到北安普敦路，在一间长条形、玻璃天花板的阴冷车间里，隐隐立着一台巨大的科学仪器，像巨人的算盘，又像机车的引擎，如一头黄铜与钢铁铸成的大象般骇人心魄。桑佩尔声称这台怪异的机器将彻底改变他的人生，可当时他还没工夫看它。满脑子都想着当钳床工。

"布兰德林先生，你无法想象他们有多敌视陌生人。"那些英国车床工用手划拉着喉咙，示意说要么他们会杀了桑佩尔，要么就交给机器代劳。

不过等桑佩尔被领到钳工车床前，事情乍看起来倒也没那么可怕。席格彭解释说他车间里的其他工具都极为精密，每次使用前都需要精确的调试。很多情况下，用在校准上的时间比生产都长。

我告诉桑佩尔我不是机械工。他说的我听不懂。

"我也完全一样，布兰德林先生。连记东西名字的时间都没有。"

大致说来，席格彭向桑佩尔解说道，让一台机器始终做同一种工作比较经济。不糟蹋时间，他说。一部车床，比方说，应该自始至终制造圆柱。他的人颇乐得游手好闲，不过这种日子在草地滚木球弄就要一去不返了。

"一部车床，一种工作。"他说。

桑佩尔是外国人，他正做的事，英国人不会去做。他不忤他们。这他说过好多次了。

他要是被杀，也是死在无聊手里。在那部预先设置好的机床前工作，必须把才智和技巧全抛弃。

可即便他的处境走了下坡，他很快就注意到一场更高级的游戏正在进行中。工作他渐渐熟练，便有了空闲四下张望，随后他明白过来，那里镇日有绅士和王公大臣出入，都是皇家学会的成员。

"皇家学会，"我说，"估计他们是来给你指导的吧。"

这玩笑的效果不大好，我跳起来坦白直言："那敢问你在草地滚木球弄学到了什么呢，桑佩尔先生？"

"我学到了什么，我的小家伙？不过是天外有天，我不知道，你想不到。"他举起天鹅的钢铁骨头，在我眼前舞动起来，看他气势汹汹，我真后悔说了那么个蠢笑话。像个舞蹈家般，他扭着长而又长的手臂，模仿那根脖子的动态。他十五英石重的身躯，整个站在椅子上，正令人骇怖地奋力举起那对庞然巨翅。

凯瑟琳

显然阿曼达已经告诉她祖父我偷了卡尔的蓝色方块。她祖父告诉了克罗夫蒂。他们的身影,就像酒馆里的布兰德林和桑佩尔一样,鲜活地浮现在我眼前——阿曼达、她祖父、埃里克齐聚在萨福克某间腐臭的会客室里——带玻璃前门的书橱,一部分天花板坍塌了——那间谍在汇报,三个人做着不该由他们做的决定。

务必要让那考陶德的姑娘学会向我汇报,而不是向她祖父或者埃里克·克罗夫特。

所以我跟她谈了,当然不提方块的事儿。我罚了她。我把她的工作死死限定在"你的职务说明范围之内"。我是个彻头彻尾的婊子。我拆散了她与她挚爱的银环(她一直都擦得干干净净),安排她去录入每个编号零件的尺寸和功能。这是在糟践她的时间,因为她千分尺用得磕磕绊绊,每次犯错都会绝望地低声哀泣。这让我们彼此都不安宁,但我铁了心要叫她知道谁才是做主的。兴许我搞砸了吧。我搅扰得她困惑不已,尤其是当我说她不准用那台所谓的"Frankenpod",

哪怕午餐时她边啃果脯和干果，边盯着屏幕上剧烈翻滚的影像也不可以。

"什么东西？"好不容易谈完了心，我询问道，"音乐录影？"

"你不知道？"

"知道我就不问你了，阿曼达。"

"溢油了。是溢油的视频。"

所以说：凯瑟琳·贾里格是这个星球上最后一个知道无数桶石油正溢入墨西哥湾的人。这一灾难显然是在马修过世前一天发生的。

阿曼达泪眼婆娑。她装好自己的东西，拿走"Frankenpod"，可我，说一套做一套，已经暗中记下了URL地址。那天晚上我回到家，一刻不停地看了那恶心的画面好几个小时。

第二天早上我走进工作室时，阿曼达正等着。我看出她如今想把我俩的冲突推到面儿上。但我不能坦白我暗地里跟那方块有干系，正如不能承认我很害怕那些溢入墨西哥湾水域的秽物，这桩"事故"俨然历史的终结。

我立马叫自己忙活起来，浏览着阿曼达为我准备的Excel表格。

"表格非常好。"我说。这是实话。它们完美之至。不过我还是不愿原谅她的背叛。

一定是在这一刻，我终于明白阿曼达毕竟是阿曼达，所以她是不会走的。等我看完表格，她来硬要我跟她打交道了。

"之前我太傻了，"她说，"很抱歉我瞎说学校外面的事。我道歉。"

她那么年轻，她可人的肌肤紧致又干净。谁会怀疑她的悔意？

"你爱你的祖父。"我说。

"但我知道自己做错了什么，贾里格小姐。我不该跟我祖父说三道四的。"

"克罗夫特先生去拜访你祖父了，我估摸着。"

出于——某种奇怪的恐惧，或是荣耀感，她退了几步。"噢，关于克罗夫特先生我啥也不知道，真的。"

"阿曼达！准是他帮你觅得这份工作的。"

"不是！"

这下她急红了脸，说确切点是绯红。"不是。我祖父从来不会做这种事。他鄙视权力贩子。"

我不相信她，不过显然她相信自己，结果便是交谈之后，我俩平静了下来。

中午我俩分吃了一块三明治。过后我拿给她一个多功能凸轮。交由她拆卸、清洗、照相和记录。非常不错的礼物。

五点钟她问能不能出去"喝两杯透透气"。谁想得到她去哪里，不过她的眼眸更清澈更明亮了，我摸摸她安哥拉山羊毛衫的肩部。

"你昨晚看了那视频吗？"我问。

"我想是的。"

"人人都看吗？你的朋友们。"

"不是每个人。"

"很可怕。"

"是的，"她说，"请问我能走吗，贾里格小姐？"

当初发明内燃机的时候，他们决计想象不到会造成如此可怕的伤害。谁也没有想到，我们将不仅改变气温，更是把海洋染成死亡一般的黑色。

亨利锯齿状的道道笔划将蛀洞刻进了时间。我在场。我亲睹了桑佩尔先生从包裹里拿出铰接的鹅脖。我瞥见了卡尔轰轰爆炸的玩具呼啸着掠过客栈，他的伏打老鼠，他的蓝色方块，席格彭那台如象一般大的巨型科学仪器。那些蛀洞细如麦管，透过其中一个，我望尽了那明亮却有毒的发明。

回到家，我把水放在炉子上，点上煤气。我要做饭。干拌面、沙丁鱼、刺山果酱、馒面包、橄榄油。我要吞下、消化、排泄。

然后门铃响了——是埃里克，来要回他的方块。我给他拿了盘子和叉。"不，不要。"他说。

"我做太多了。没办法。"

"我晚饭有约了。"他说。

即便如此,我还是给他辟了个位子。蓝色的方块包在手绢里。我把它放在他的盘子旁边。

我想,他肯定想看看那矢车菊的蓝。

"带回家做测试的?"他问道。

我笑笑。

"疯癫癫的小家伙。"他说。

"是的。"

"跟你换。"他说道,也笑了。我喜欢他眯紧的眼。我想象他在玩扑克。这会儿他拿出的信封也确实是一张扑克牌大小。我在里面发现了一张那种硬纸板裱着的维多利亚时代相片。

"你的男人。"他说,这倒是让我记起了我为什么喜欢他——那股调皮劲儿,"你的天鹅就是他委托别人制造的。"

他古怪地看着我。我寻思道,是的,他确实已经花时间读过那些笔记本了。他从一开始就读过了。

"他名叫亨利·布兰德林。"

"噢,你怎么知道?"

又是那个笑容。

他压根不会知道我在亨利身上倾注过多少神思。他应该料想我会感到好奇,但他怎么可能逆料这对我的意义:发现我的作者如此高大英俊,臂弯里抱着一个婴孩儿?能这样同他见面，了解他的高贵与温柔，我欢欣，我振奋。

"佩西。"我说。

"亨利，"他纠正道，"亨利·布兰德林。"

"是这孩子。"

"噢，我对这孩子一无所知。"

这照片颇有点怪异，我把它从塑料套里拿出来，好看得更仔细。

"没啥不同寻常的。"埃里克说道。

"你从哪儿弄到这个的？"

我的来客一只手平放在我背上。"很瘆人对吧？"

这时候我才明白——男子臂弯里的婴孩儿，乃是某位维多利亚时代入殓师的艺术成果。

"这鬼东西！"我说。

"猫咪，猫咪，到底怎么回事？"

他朝我伸出手来，突然间他好像不再是那个眯着眼的好人了，也丝毫觉不出调皮劲儿。我心想，你干吗想方设法要毁了我呢？

"猫咪。"

"千万别叫我猫咪。一千个，一万个不要。"

"凯瑟琳。"

"走吧，走。"我拽出他的外套，扔给他。他伸手要够蓝色方块。我一把抓回来。

他离开好几个钟头后，我发现了照片背面的日期，这才反应过来这孩子不是佩西，而是他姐姐爱丽丝。她的名字，悲痛的亨利·布兰德林曾在说到一只时钟时提起过。

2

我又开始看报纸了。上面说美国人制造出了一种机器人，专门教授自闭症儿童。它在很多方面优于人类。因为是机器人，它情绪稳定，不会心生疲惫；它永远有耐心；也不可能受眼泪、怒火所累。

机器人名叫凯凯。我吃不准为什么。它的线路和内部构造都暴露在外。报道说它初次出现在得克萨斯州奥斯丁的一个"中心"时，孩子们蜂拥而上。闹腾了一天，结果一个患有阿斯波哥尔综合征①的男孩扯掉了它的手臂。

那位记者似乎太津津乐道于扯掉手臂的事了，不过公司说这叫"学习曲线"。等到下次公开亮相，是《卫报》报道的，凯凯的手臂修好了。现在，看到凯凯哭，那些"小阿斯波哥尔"不再伤害它了。要是它啜泣个不停，他们就给它一个拥抱。

---

① 一种不善交际、兴趣偏狭的内向症状，据奥地利精神病专家 Hans Asperger 的姓命名。

凯瑟琳想要凯凯。

凯凯会转动脚下的轮子，一间间房间追踪凯瑟琳，迂回着靠近，却决不擅闯"私人空间"。凯瑟琳走近时，凯凯会说"嗯哼"（美国人表示鼓励的声音）。凯瑟琳离开时，凯凯则会说"呀"（这在美国人是失望的意思）。

埃里克·克罗夫特准已经厌倦了我的眼泪和怒火，我想。谁会责怪他呢？谁不更愿意跟正常人待在一块儿？

我坐在厨房的桌子前，凝视着亨利·布兰德林波动的笔迹。我的脸在上方，俯视着那些句子，我能看见闪烁不定的烛火，"此处阙文"的幽深黑影。千山万水相隔，可我看到了身在富特旺根锯木厂的亨利，他忧伤的黑眼睛望着房间里其他的住户——四个还是五个——正在将链条的小环扣接起来。

至于链子怎么用到天鹅身上，目前为止，亨利·布兰德林尚毫无头绪。

反观凯瑟琳呢，碰了那链子，装紧了它，还在斯温本附楼的四楼勉强用它转动了天鹅的脖子。

火光里，亨利·布兰德林的眼神满是不安与恐惧。他已经失去一个孩子了。时间该是多么难熬啊，每一分钟都是痛楚。

那儿的每个德国人都有把小型装配工具，差不多形成一个互助网络，链条的小部件先卡入一条凹槽中，让铆钉就位，再用榔头敲紧实。那男孩是顶快的，不过桑佩尔，靠他那双大手，最夺人眼球。他在跟那孩子暗中较劲。

三番五次了，亨利除了旁观啥也做不了。他看得全神贯注，不过跟眼前的生产过程全无干系。他蜷伏在一只三条腿的凳子上，身旁的火行将熄灭。

有没有可能，亨利·布兰德林早已预料到凯瑟琳的出现？

他预料到将来有人会透过蛀洞看他，这点很明显。他为那个人书写。他一再想到链条牵动天鹅的那一刻，而他固执地将它称作"我的鸭子"。

我想，他在撒谎，不过不是对我。

肯宁顿路上，汽车轮胎咝溜响。这些亨利·布兰德林曾经写下，如今业已氧化的句子，描绘出水底招摇的水草。童话采集家和银匠慢慢融为一体。我早已猜到，他俩是同一个人。如果亨利不是在骗我，那他是要骗谁呢？骗上帝？我回到富特旺根，翻过一页。

桑佩尔嘶的一声向火堆啐了一口。"认真听我说。"他对童话采集家说道。"科学的本质，"他说，"就是真实的东西往往不能为人们接受。"

而我，凯瑟琳，当然同意他的话。谁又会不呢？

"我来告诉你一个真实的故事。"童话采集家说。

那孩子哀求地看着桑佩尔。即便如此，他长疣的手指仍然"一刻不停"。他就像一只鸟在进食，始终啄向一个锁链扣环的钵头。

童话采集家用一柄细巧的榔头轻轻敲打着。"一六一四年四月十五日，这日子确凿无疑，萨尔茨韦德尔的老城区发生了一桩谋杀，就在离通往圣安女修道院的那条街不远。"

卡尔眯起眼睛。

童话采集家全无慈悲心肠。他描述起行凶者如何被砍掉双手，如何被滚烫的火钳折磨，再拖去刑场，颠倒放在转轮上。照童话采集家的说法，看到那只犯下滔天罪行的手在转轮上整整流了三天血，真是"神奇"又恐怖。

"凭什么我非得待在这儿？"桑佩尔大叫，似乎没意识到那孩子神色戚戚，"我怎么会摊上这种事儿，被硬逼着听人胡说八道？"

在这桩事上凯瑟琳是同情他的。他配得上更高级的谈话。每天工作时她与他的对话就比这个高级。

我在他近旁，他们装配涡形滑轮链，或者说四条涡形滑轮链时，我在他们四个边上。我看到他们的工作飞快进展，咔嚓、吧嗒、叮当，那么迅捷。很长一段时间里没人开口，刻薄的语句，满溢着焦躁的情绪，在这一页上铺展开来。最终还是桑佩尔对那只"可怕的小鼬鼠"说话了。

"你听说过阿尔伯特·克鲁克香克爵士吗？"

凯瑟琳没有。

桑佩尔离开了桌子。那天使般的小男孩"沉默着比了比"两段链子的长度，他的和桑佩尔的。他跟他母亲耳语几句。他母亲从他"圣洁的手里"拿走了桑佩尔的链子。她把链子放回了那钟表匠的装配台上它原来的位置。她刚放好钟表匠就回来了，手里拿着一本污迹斑斑的书。他从卡尔背后轻拍他的脑门，他俩都哈哈大笑起来。

凯瑟琳读了读题目：*Mysterium Tremendum*①。

"作者就是阿尔伯特·克鲁克香克爵士，"桑佩尔告诉童话采集家，"他是现任剑桥卢卡斯数学教授②。他是皇家学会会员，'克鲁克香克引擎'的发明者。"

童话采集家假装叹了口气，可那孩子期待地向书望去，烫金的拉丁文标题在火光里闪闪发亮。亨利的直觉告诉他，那是一首熟悉的赞美诗或歌曲。

"阿诺先生，"桑佩尔先生说道，"*Mysterium Trememdum*是在剑桥写的，你没听说过那机构也别动气。他存在于你的小小世界之外。

"'我便恳求我的导师，'"桑佩尔朗读着书上的内容，"'让我看一眼其他那些拥有更高智力的生命，他们的思维

---

① 拉丁语，意为"令人畏惧的奥秘"。
② 卢卡斯数学教授席位(Lucasian Chair of Mathematics)是英国剑桥大学的一个荣誉职位，授予对象为与数理相关的研究者，同一时间只授予一人。

模式，他们的赏心乐事。这些生物远远超出你们人类想象力的范畴'。

"'我又动了起来，'"（桑佩尔站起身），"'我看到下方的湖泊和海洋，水面上的活物我无法恰当形容。他们的运动方式类似海马。它们移来移去靠的是六片极薄的膜，派翅膀的用场。我看见许多状如象鼻的管子盘根错节，占据的大概是它们的上半身。这时我的惊异转化成了恶心。五脏六腑特有的反应便是如此。'"

噢天哪，凯瑟琳心想，噢老天啊老天。仿佛她打开前门，见到了耶和华见证人①。不过那孩子倒是无拘无束。他的红唇张开着。他"苍白、不真实、柔韧如鸟脖子"的修长手指伸向他母亲的手时，"烛光照亮了"他的头发。

"你，"桑佩尔指着亨利·布兰德林，"如今的境况就像一只苍蝇，它微小的眼睛被变成了人眼那样。"

男孩向亨利·布兰德林投去"一抹同情的甜美笑容"。随后他的嘴巴跟着桑佩尔默念："**你完全无法将你看到的同你的人生经验相联系。**"

凯瑟琳不禁颤抖。这又该作何想？难道这位伟大的工匠还是奥秘的传人？

---

① 19世纪后期在美国创立的一个基督教教派，认为"世界末日"在即，主张个人与上帝感应交流。

桑佩尔读道：“‘此时你眼前的那些生命体，别看它们近乎像是进化不完全的植形生物，它们的感觉之细、智力之强，都远非这地球的住民所能比。’”

当时我并没有想到，一刻也没有，这段话其实出自一个科学家之手。我不清楚克鲁克香克多大程度上受惠于汉弗莱·戴维①的《行旅中的慰藉》。我想到的不是皇家学会，而是 C. S. 刘易斯对一次“迷幻之旅”②的评论。这出自桑佩尔之口，在一整天的工作里，我信赖、钦佩他的作品。

“你不知道自己身在何处，”桑佩尔告诉布兰德林，“你不知道这里将发生什么。就在这房间里。”桑佩尔说：“你是上天选定的使者，你奉旨行事，自己做了什么一无所知，也万不会想到竟当了勇士，推动了一段自己永远看不到的历史。”

亨利记述道，“熔化一切的火热疯狂”，然后是恐惧，“让我的血冰冷，让我的发倒竖”。

凯瑟琳又读一遍：“此时你眼前的那些生命体，别看它们近乎像是进化不完全的植形生物，它们的感觉之细、智力之强，都远非这地球的住民所能比。”

---

① 汉弗莱·戴维 (Sir Humphry Davy, 1778—1829)，英国化学家、电化学的创始人之一，曾任伦敦皇家学会会长，《行旅中的慰藉》(Consolations in Travel) 出版于作者去世后的一八三零年，是部体裁驳杂的文集。

② “迷幻之旅”(acid trip)，指服用迷幻药之后的幻觉体验。

凯瑟琳想要凯凯。我吓坏了。

3

还没到九点，阿曼达·斯奈德已经出现在恰当的工作岗位上了，按我的吩咐擦洗着银环。

那是我俩的"物件"——不是抽烟的猴子，而是一根亮闪闪的阴茎，被剥了皮似的，金属赤条条裸着。

我们很快就要在光滑的铰接好的脖子上连上涡形滑轮链，就像脊柱上长出神经一样。水面上的链条通过一组滚轴操控着脖子的上半段、下半段、点头、天鹅嘴里的鱼的动作。

拢共五条链子，密集度各不相同。最好的一根有一百七十个链扣，就是说，根据阿曼达·斯奈德数过之后得出的结论，有大约七百个零件铆接在一起。通常得靠孩子和母亲——手掌要小，眼神要好——才能干这样细致的活儿。

我们知道，这些链子里的第一根控制喙的下半，整理羽毛、吃鱼。第二根链子操控鱼。第三根能让天鹅点头。第四根让脖子弯曲，而第五根连接脖子的中部，如果我们没猜错，可以令它的动作优雅、逼真。

今天是两个"脖子日"中的第一天，可开始装配前，我先得像平常那样看半个小时马修的邮件，我简单地称之为

"家务活"。阿曼达同我保持距离，也不多过问，由此我确定她对我在干什么门儿清。

这会儿她正在记录涡形链扣的结构和尺寸，而我则同我亲爱的独处着。我们是多奇怪的人啊，他和我，是理性主义者却又是享乐主义者，那么满意、那么放不下我们的身体，明知生命有时尽，却又表现得仿佛我俩是永恒。我们没有像人类应该的那样拒绝时间。游泳离开敦维奇海滩，我们察觉到我俩的皮肤，我俩的心，水，风，地球这台巨大的复杂机器，处理积雨、蒸发、涨潮的水泵，吹得灌木丛东倒西歪的无始无终的风。随后我想起阴茎深处空隙中的血液是靠一系列血管送回的，其中一些血管在这一器官背面出现，数量多，覆盖面大，形成了背深静脉。我不禁头晕目眩。亲爱的上帝，我心想，我们为那个而活，但如今，我也许永远不会再做爱了。我合上电脑，倍感凄凉。我又开始工作了，可我看到油溢过地衣，杜鹃、狍、兔子、夜鹰纷纷降落，潜水机器人在晦冥中爬行。

我想，感谢上帝给我送来阿曼达。我或许有点自相矛盾，但只要碰对日子，她可以是个极其贴心的助手，这样的妙人世间难找，不等你开口问，镊子就已准备好了。穿线耗时又费神，可如果你慢慢来、仔细做，一小时一小时过去，还是颇有盼头的：机器内部有了全新的连结，人与人的通力合作又会给你带来快感。可伴随一天的时间渐渐消磨，各种不愉快，泛着白光的东西像肝吸虫一样蠕动着爬回我的脑海。我多么想念马修啊，心多么痛！

午饭时我给埃里克写了封措辞谦卑的邮件，为昨晚的冲动道歉。我等到这天结束都没收到回复，便打电话给他。

"克罗夫特。"

我心头一惊，挂了电话。随后，惶惶不安中，我弄坏了最好的那根链子。可我并不想要那么多的同情。阿曼达摸了摸我的手腕。

她说："它吓到你了吗？"

她说的是天鹅，不是克罗夫特。

"当然没有。"

"觉得恶魔丑陋是不对的。"她说。

我心想，你何苦要从黑暗中一丝丝抽出这些旧梦来呢？你为何就不能欣赏眼前这机械学上的奇迹呢？

"阿曼达亲爱的，我们是在组装机器。"

"是啊，可路西法非常漂亮。"

她直直地盯着我。

"路西法，"她说，"《以西结书》中写到的。又有精美的鼓笛在你那里，都是在你受造之日预备齐全的。"

"行，"我说，"今天就到这儿吧。"

"你急着走。"

是啊，是啊，我确实急。

4

我房间的入口是个空中书阁，非常逼仄，远达不到伦敦城的通道应有三十九英寸宽的规定标准。书架是浅白柔软的角瓣木材质，摸上去很细滑。每个书架都由低温灯泡照亮着。地板上铺着张大不里士地毯，外观要比实际的状况好很多。

这是个珠宝盒。我总是调节灯光，好让我的客人可以完全领略此间的情致。所谓"我的客人"，其实就是马修。我很少接待其他人。至于埃里克，要是主人礼数周到，应当出门接他进来才是。

那天晚上门铃响了，我打开门，眼前的却不是埃里克。是我爱人的鬼魂和镜像，他那两个儿子，雨中的深黑色眼眸。

大儿子穿的裤子跟马修一样——带褶子，收腰身。大有圣文生①的气宇，不过更为优雅。这是攻数学的那位，安格斯。他完全遗传了乃父的头发、大鼻子和饱满而有趣的嘴巴。

---

① 圣文生（St Vicent de Paul），天主教神父，遣使会的创立者，毕生致力于服务穷人。

"进来吧。"我说，向门外跨去。他们像受惊的马儿一样赶忙后退。

那小儿子个头高，叫诺亚。照片里的他也是两人中更漂亮的，不过现在他长出了毛茸茸的胡须，头发蓬乱，一簇一簇的，要我说怕是用指甲刀胡剪的。

"请进吧。"我的手在颤抖。

"我们很难过。"安格斯说。他在衬衫纽扣上画了花。灯光中的他们像印第安画像中的人物。

"嗯，我不能让你们站在雨里。"

诺亚责备地看着他哥哥。

"我们很难过。"安格斯说道，随后轻快地穿过我的书房。诺亚跟着，在门口弯下身。他的靴子上有烂泥，我不在乎。我看着他父亲那对赛跑运动员的大长腿。

诺亚摸了摸一个角瓣木书架，仿佛是在检查我的家务，一边暗暗识别出一块雨林木材。他是个起劲的环保主义者。他也是个古典学天才。十四岁的时候，他就喝得烂醉回家，躺在床上狂吐。从没有见过他，我却已经同他相处了多年。

我发现他们在我的印度手纺棉纱毯上不停挪着步子，那种浅色的精巧毯子只有膝下无子的人才会买。他们不知道如何安顿自己的身体。于是我选择坐在尼尔森坐卧两用沙发的一头。随后诺亚在我对面的古斯塔夫·艾克索·贝尔格躺椅上坐下了，那用了八年的弯木被他压得扭了起来。

最终，安格斯选了沙发的另一头。即便隔着一段距离，还是能闻到这美少年身上发霉的、没有洗过澡的气味。

偷来的蓝色方块立在放杂志的桌子中央。显然诺亚跟随了我的眼神。有其父必有其子。他拿起那方块。

"能抽烟吗？"他问。

"当然。"

他掏出一袋烟草，把卡尔的玩具在一边膝盖上放平。

可怜的兄弟俩啊，我想——他们亲爱的眼睛，巨大的黑色水潭里装的是伤痛，比起像父亲，他俩彼此更相像——低低的眉毛，专注的时候一声不吭。在想什么我不知道。不过他们遗传了马修的英俊，他们的肌肉、骨骼、方方正正的肩膀，一样的可爱的鼻子。

"我去拿个烟灰缸。"

我暗暗打算，我一边给他烟灰缸一边就拿走那方块，我不晓得为什么，可待我回来时，他已经把方块深深夹在两腿中间了。

"我们从来没真的见过面。"我对他哥哥说道。

"没有，没见过。"

"不过，你是安格斯？"

"是的。"

"我是那个多灾多难的孩子，"诺亚说，他把卡尔的方块放回到了桌上，"我是诺亚。而你是凯瑟琳·贾里格。我谷歌过你。"

沉默。

"我能喝一杯吗?"诺亚问道。

我知道马修不希望我给他酒喝。

"你有啤酒吗?"

"只有些红酒,还有点威士忌。"

"威士忌吧。"他说道,直视着我的眼睛。

我望向他哥哥。他摇摇头。"我总是当他的司机。"

我刚认识他父亲的时候,诺亚正因为取笑一头同性恋骆驼而惹上了麻烦。当年他只是个小男孩。他觉得骆驼都会是同性恋很好笑。学校却不这么认为。

"怪怪的,哈?"我在厨房里一边倒威士忌一边大声说。这声"哈"听着那么过时,那么虚假。

"什么?"

我拿了一杯水,跟威士忌一块儿端出去。安格斯正站在装着马厩照片的相框前。

"很怪,我们仨,一起在这里,"那孩子将威士忌一口喝尽的同时,我说道,"如果这让你们不舒服,我道歉。"

"你喜欢那儿吗?"安格斯盯着照片问道。他行将长大成人,透着股青少年的气息。

我站到他身旁。"我想你是不会喜欢的。"

他掏出他的"Frankenpod",要不是"太空洋葱",要不是别的什么东西。"你谷歌过那地方吗？你想看看吗？"

我当然不想。"行啊。"我说。

安格斯坐在长沙发上，我在他左边。我们蜷起身子看着那小玩意，身体并没怎么碰到。找着了，从太空中看到的马厩，那悬崖的轮廓，那些树，那阴影中的灰色屋顶。

现在的萨福克已是夜里，可它白昼中的图像，并不因为是过去拍的就不那么恼人了。那年夏天，人造卫星一直在暗中拍摄我们，那片干旱的土地，那些枯黄的草，那棵垂死的树。我能认出那辆"诺顿突击队"摩托，所以我俩确实在那儿，一起活着，浑不知卫星的存在。

"我们一定在里面，"我说道，随后不禁猜测起他们想到的东西——龌龊的性交——我窘了，"你们是不是觉得我偷了你们的父亲？"

"面对现实吧，"诺亚说，"你就是偷了。"

两兄弟间有几番无声的交流。

"不，不是你。"安格斯说，不过他们的生活里，我一定是处处阴魂不散。

诺亚离开了房间——别问我为什么——我一把抓过卡尔的方块，放在身后的架子上。

拿着威士忌酒瓶回来时，他直截了当对他哥哥说道："我们要说出真相。说好了的。"

我的心一沉。

诺亚的嘴，跟他父亲的一样，是件细致入微的乐器。他盯着我头顶的架子，尽管他心里一定在暗暗发笑，我却不知道他在想什么。

安格斯从墙上拆下了照片。我向来不喜欢别人乱动我的东西，可我光顾着看墙面多么暗沉肮脏，忘了这一点。

"现在这个归你了。"安格斯说。

我太过紧张，还以为他说的是照片。我怒火直蹿，他竟敢摆谱，要赏我本来就属于我的东西。

"你是说这个？"

"马厩，是的。归你了。"

听到这个我心跳加速，不过当然咯，他们还是孩子，知道的比我少得多。马修同我谈过他的遗嘱。他希望在他身后我们的秘密也不公开。如果说这要求伤害了我的感情，我也只是痛了一时。

"你真好。但愿它曾经是属于我的。"

诺亚举起威士忌瓶子，我们一齐看着最后四滴酒成为阶下囚。

"归你了。"诺亚身上带着股稍微有点讨厌的自信，年轻的公学男学生到了工作的地方都这样。我想说，我看过你们父亲的遗嘱，小屁孩儿。他是二〇〇六年签的字，我大可以向你俩保证，凯瑟琳·贾里格连个跑龙套的角色都没捞到。

"老爸不会留给你的，当然啦。"安格斯说。

"不，当然不会。"他是要一下置我于死地。十四年来，这个家庭硬生生把我逼成了隐形人，即便他们的生活我有份，他们讨论数学问题，他们酒醉后呕吐，我也不得安生。我无所谓。我真的无所谓。

"马厩他留给了我们。"

"对极了。"我说，我的苦楚，连自己都瞒过了。

"他不太可能把你的名字写进遗嘱。"

好吧，他可能的，我想，虽然我决计不会提这种要求。"这在你母亲看来会有点奇怪。"我尽量强作欢颜。

"这我们谈过了，诺亚和我。如今我俩成了新的所有者，我们决定，只要你在世一天，马厩就是你的。"

房间里有太多情绪交织，不过两个年轻人步调一致，他俩都把一双大手搁在膝盖上。

"这叫胡椒粒租金法①。我们把租契带来了，等你签字。每年给颗胡椒粒就行了。"

"'迷你'我们开来了，送给你。"

"真的吗？是你们自己决定要这么做的？"

"是父亲的一个朋友。他帮我们想出了订租契这主意。"

"是克罗夫特先生吧？"

"他帮了我们不少忙。"

---

① 约定支付象征性租金即可。

"登记车时他用了谁的名字？"

看来他俩都不知道。

"车我们停在外头了。"

"我们洗过了，不过这又下雨了。"

"你们太好了，可我不会开车。"这实在不是真话。

"可以学的，"安格斯说道，"简单得惊人。"

"我可以教你，"诺亚说，"我上过高级驾驶课程，转向试车场什么的，都有。"

我无以回应。我感动透了，伤心透了，愤怒透了。我这俩年轻的守护者不知怎的看出来我快要哭了。他们很快说定，要把迷你车停到对我来说安全的地方，我们择日再碰头商量学车的事。我签了租契，给了他俩一人一颗胡椒粒，几分钟后，我们在书房里告别，散发着霉味与臭气的肌肉将我紧紧拥抱。马修，在他们的骨头里。

他们走后我躺在床上，回忆起夏日里的和风吹拂我俩赤裸的肌肤，冬天的暴风雪摇得我们人仰马翻，德国海的波浪啮咬着悬崖的底部。

5

在附楼里，在这清早时分，我删掉了你，我的亲，我的爱，你那宽大的嘴贴着我的脖子。我真想擦洗你的骨头，放它们到外面透透气，擦洗你的胸骨，打理你的脊柱，擦啊擦，带着爱意，擦洗每块椎骨，当成鼻子般精心照顾，让你躺在开满蓝棉枣的草地上。在你的秘密三角地上，我愿当你最顺从的租户，会躺在你的身边，直到雨横风狂，暴雪肆虐，千万根粗如鞋带的雨线，掠过我俩迷蒙的双眼。

正当这些念头在我心上翻腾，阿曼达进来了。她终于走出自己的世界，不再耽溺于已变成石油湖的墨西哥湾。对此，她是否自有一套神话学或者宇宙观来解读？

"好啊。"她扔下背包，说道。

"好。"我说。删除，我心想。

抬头一看，我就知道她新交了男友。她穿着宽松的靛青色裤子，无袖的上装，像条银色金鱼。这宽松外衣下的肉体，那么年轻，简直勾人落泪。她的注意力落在那天鹅上。别，请别，我不想再听你漫天胡说。请学着审时度势吧。

她说："我要说的，倒不是我的分内事。"

我脖子上寒毛直竖。我删掉了一封读也没读过的邮件。

"我只是想帮忙。"

我读信、备份、扔垃圾箱、删除。

"只能眼睁睁看你干活我很痛苦。"她说。

"就是个天鹅，阿曼达。一台机器而已。"

"贾里格小姐，这不用忙活上几个礼拜。几分钟就能搞定。你不必这样折磨自己的。"

她递给我一个塑料的小玩意儿，又是恐惧又是恼怒，我错把它当成了打火机。侧面煞白地印着一个收不进词典的脏字儿。黑色的套子里伸出一小块金属，像口红一样。

"你只要给你的邮件建一个新文件夹，备份一下，传到闪盘就行了。"

"什么叫闪盘？"

"就是这个。"她简直像是把那东西戳到我面前似的，我极为不满。

"我可以帮你下载。一眨眼的工夫。"

"我很好，谢谢。"她为我工作，她向我汇报，可即便我拒绝她的援手，她还是想努力说服我。

"阿曼达，你觉得我是在忙些什么？"

但她不愿回答。"我就是想说这个——你不必像这样花上一个又一个小时。一定很苦。"

"谁告诉你的？"

可她一心想要控制我的电脑。

"是克罗夫特先生告诉你的吧？"

她洋娃娃般的眼睛湿湿的，浸润着多此一举的同情。与此同时她的虹膜张得很开，像一只夜行生物。

"求你，求你让我就……"她已经悄然走到我与电脑之间，边打字边说道："你可以把它带回家，载到自己的电脑上。是不是用的 Mac？"

"不是。是台 PC。所以，显然不能用。"

她回过头看看，打量着我，仿佛我是头危险的野兽，紧盯我的眼睛不放。凑那么近，她身上有股怪异的霉味。我看到她的指甲很脏。

"你知道这些邮件是谁发来的吗？"我问她。

"它们正在载入。"

"谁告诉你的，阿曼达？"

"我俩都知道谁告诉我的。"她把那小玩意儿放到我手上。她捏着我的手握紧它。隐隐有一股力量传了过来。

"贾里格小姐，他很担心你。"

"不。"

"他就想着有人能照顾照顾你。"

"可我们不能说出他究竟是谁。"

"对。"

"尽管我们说都说了。"

"这天鹅对博物馆极其重要，你知道的。如你所知，他筹不到钱，焦头烂额了。他只好觍着脸卖笑，四处巴结。求那些城里的乡巴佬赏光，多遭罪啊。"

我的小娃娃助手就这样给我上了一课，我靠边站了。不过真正戳中我痛处的，还是这甜美、可人、聪明的考陶德姑娘生生从我的秘窖里夺走了马修。拜她所赐，现在他成了我手中的一小瓶骨灰。

亨利

桑佩尔和我带着那个绑在两根杆子中间、分量很沉的铜鼓离开了村庄。肩负重担，我们匆忙赶路，疾步穿过雾霭中的广场，走街串巷到达小河，越过人行桥见到旷野，不顾危险在田野里跌跌撞撞，尽头处，等待我们的正是锯木厂。如今，黄叶凋落，真相大白，好比一个老人刮去了满脸胡须，大家终于看清岁月在他脸上玩了何等残酷的把戏。亲爱的老爸。

我们跑得飞快，加之田里坑坑洼洼，看到海尔格太太从侧面冲来，我真怕她跌跤。她一个箭步跃过我身旁，猛地扎向桑佩尔先生，同时又不知怎的迅疾后退，手在头上勇敢地挥动着几封信。

"向前，"桑佩尔大吼，"向前。"

"别啊，英格兰寄来的。"

"向前。"

我一想，佩西！可我现在已经彻底沦为桑佩尔的奴仆，所以我必须"向前"，我也确实"向前"了，即便我俩都快把那女人撞翻在地。

我寻思道，是宾斯寄来的。我儿子等不及了。孤苦伶仃死去，我都没亲亲他的嘴唇。随后我们走上了河边小径，那"圣童"一声怪叫，从灌木丛里蹦出来。他的眸子亮闪闪，他的叫声太尖利。他当着母亲的面，甩了甩猎杀的兔子，旋即向前奔去，一跳一瘸，他的钥匙，在左手里晃动。

我们继续赶路。亲爱的上帝啊，我是个大傻瓜，求您让他活下去吧。在小河上寒冷刺骨的夏日工坊里，我们放下了重负。

我拿起信件，看到了我弟弟的笔迹。

"信上说什么？"海尔格太太问道。

卡尔也在等待，死兔子的血滴到他的脚上。

感谢上帝，感谢耶稣，很快我就会来找你了。

但没那么顺当——我弟弟准备拖住我的脚步。两个月前，这毒蜘蛛写道，他已被指定为我的受托人，如今我的经济来源由他掌握，给多少，隔多久给，他都有权斟酌后决定。这流鼻涕的小畜生。

他声称我们父亲已经"神志不清"。

当然，要说我前脚跨出门，父亲的头脑后脚就崩溃了，这也不是毫无可能，可我弟弟断言父亲不再"明智"，那用他老人家的话来说，就分明是"笑话"了。他这辈子什么时候也不曾"明智"过。

红鼻子道格拉斯一手安排，让他在法律上被判定为"精神失常"。是道格拉斯，可还有比道格拉斯更坏的。抄一段："你不大欣赏的地方，亨利，在于我是个生意人，而在铁路之外，我还有许多其他生意要开拓。"

他是什么人，根本没法归类，表面上，他呕心沥血处理海量公文，暗地里，他投资给了俄亥俄银行。我问你：是谁失去了理智？置"布兰德林与子嗣公司"于"尴尬处境"的，正是道格这恶棍。现在我弟弟作为我的受托人，抱歉地建议我——想想看——别继续提取存款，等"美国的恐慌"平息了再说。

桑佩尔转过身来。我看不到他的脸，唯见他的肩膀，他绿色的外套，还有他苍白的大手在山泉的浅滩上懊恼的扑腾，活像一条刚遭捕的鳟鱼。

"坏消息吧，布兰德林先生？"

他没什么，海尔格太太却有点承受不住。她哭着穿过桥奔向那房子，卡尔火急火燎地追在她身后，兔血一路滴过去。

"要挖土豆！"桑佩尔喊道。

随后他转向我，难说有什么表情，讲了下面的话："富人的问题在于，他们对伟大的事物很少有耐心。"

我以为他在挑我的毛病。我诚诚恳恳道了歉，可他摆摆手。"若事情跟他们有切身关系，"他说，"他们是知道该怎么做的。"

"阁下想说什么？"

"他们离了账房和工厂，他们必须叫人画一幅肖像，这种时候，他们就成了白痴。他们那帮人，是什么样的状态啊。跑去俱乐部，找到另一伙白痴征询意见。'我的肖像快完成了，'他们会说，'那家伙用了很多蓝色。你们怎么看？我很担心那该死的蓝色。'"

所以我听明白他的话了，就这一回，我完全同意。竟然让道格拉斯那样的蠢货掌握生杀予夺，着实不堪忍受。

"他们当家作主。这是他们唯一的能力。你们英国，当然也是德国的女王，一模一样的情况，全然不晓得自己的位置。正是她，萨克森-科堡-哥达王妃，切断了那台最了不得的机器的资金供给，辱没了英国和我的祖国。因此我后来才上白金汉宫去觐见阿尔伯特亲王①。"

"明白了。"我说。我想，他只会谈论自己。

"你看起来一点不惊讶嘛？"

我看起来一点不惊讶是因为我一秒钟都没有相信过他。从哪方面看都是无稽之谈。

那天晚上我写信给佩西，内容嘛，我称之为"我俩的秘

---

① 阿尔伯特亲王（Prince Albert, 1819—1861），英国维多利亚女王的丈夫，实际上也是女王的私人秘书和首席机要顾问。

密"。我许诺说，尽管他叔叔和母亲有"困难"，我还是会照约定回家；他只要乖乖吃饭，勇敢接受水疗，很快我就会让他痊愈。

如果说那么做是在冒风险，我并没有看出来。我热血奔涌，我要遵守誓言。

2

桑佩尔先生说他起初误以为天才阿尔伯特·克鲁克香克是个寻常的流浪汉，草地滚木球弄那道门的把守居然放这么个叫花子大摇大摆走进来，他大为光火。这来访者的裤脚管在机器房的地面上拖着。他的头发又长又枯细。《可怖的神秘》一书的作者（正是此公）臂下夹着块长方形的板，他还当是那种疯狂群众举在英国议会门外的抗议标语牌呢。

在那座巨大的工业教堂里，这位访客获准随意游走于车床与压床间，"像一头印度奶牛"。没有一台冲钻放慢速度，没有一部传送机替换传送带，这侵入者沿着机床构出的走廊前行，无疑，没有哪位工人阻止他靠近那在教堂里本该放置祭坛的地方。不过没有哪个基督教祭坛会建成那台巨型机器的规模。桑佩尔为它翻出各种比喻，大象、机车、环形碟状的一组立柱，这些放在一起太矛盾了，听者只会想到——什么？——一台硕大无朋的机械装置，是的，不过总觉得那东西飘忽不定、金灿灿的、精密复杂犹如钟表。我知道我这位钟表匠习惯撒谎(最近就刚胡扯他见过阿尔伯特亲王),可他的口才确实高超,我毫不费力就能想见铰接的钢铁、黄铜零件上映着灯光,那景象肯定就如同我们家宅高墙的金色边框照出十五英尺之下的桌上的荧荧烛火。我发现自己很希望也可以见到那世间奇观。

他在席格彭商号的第一个星期里,尽管有预调机床的任务要完成(他吹嘘说他一边抱怨机器的危险性,一边早就掌握了操作),桑佩尔似乎是个卓然有效的间谍。

绘图桌设在"祭坛"的一边,在通常放置唱诗班座位的地方,他瞥见身形庞大的席格彭俯身站着,同他的资深技工们在研究草图。

他获悉,给机器添砖加瓦的都是商号最信得过的熟练工,尚有一万件以上的零部件需要制造。可要开工造这一万件中的任何一件,都非得等一张非常详细的草图完成,而草图每出一稿,大规模的讨论(还有些是激烈的争论)便随之发生。他有本事让这场景在我眼前变成一幕喜剧,仿佛那机器是偶像神灵,那些人是受蛊惑的信徒。

"他们以为自己都是大人物,"桑佩尔告诉我,"可他们没一个人,甚至席格彭,知道那机器随时可能轰然崩溃,化作一堆破铜烂铁。"

当然他也不可能知道。他比谁都孤陋,之前大惊小怪的，因为看到那叫花子握了席格彭先生的手，明白了那块"标语牌"其实是制图员的文件夹，草图就从里头取出来，一张接一张，令人心怀崇敬。

一个英国人可能会据此推断老人是机器的设计师，还说不定有更大的来头，可桑佩尔偏要臆测那流浪汉是在兜售偷来的赃物。

所以到底是外国佬啊。

桑佩尔在英格兰的处境，看来比我在德国的还糟——据说那些英国工人很不满他答应操控预调机床。他可能（也可能没有）在宿舍门外遭到过袭击。他可能（也可能没有）如他声称的那样把他们打了个稀里哗啦。他是个好自吹自擂的牛皮大王，不过按他的性格，看到那些达官显贵纷纷参观制图台倒确实会着迷——"象牙般的假发，"他说，"外套珠光宝气。"

他自己的工作也许挺无聊，只要"脑瓜子不比一台布谷鸟自鸣钟笨就能做"。漫不经心总与枯燥相伴，他两次险些截断手指；就在第二次险象过后——他终于明白必须换工作了——工厂的哨子响了三声。感谢上帝，他心想，可这一天尚未结束。

不断有大量手推车和钢质工作台辘辘过暗沉的石板地面，工人们跟着其中一辆，像挤奶时刻的奶牛般乱哄哄前进，向工厂深处走去。

领头的是那灰发巨人,他们的主子。等把技工统统聚到身边,老席格彭从手推车上移开防尘罩,展示出一件铜与钢的器械。他说话了。据桑佩尔的翻译,那器械是"我们为之献身的伟大想法的种子"。这跟下面的话是一致的。

桑佩尔把那件器械比作一个算盘。我写了下来。

"那根本不像算盘,"桑佩尔后来对我说,"要是你继续这样,会错过重点的。"烦人的家伙。他还说那机器精密、细巧,而且颇怪异。那台机器人的用途在于做加法。

随后"流浪汉"开腔了。他的嗓音低沉而柔和。得知他是坎布里亚公爵的三公子,没有哪个英国人会惊讶。他说:"各位,我要给你们看一个'不可能'。"

狂热而渺小的熟练工们犹如皮带勒住脖颈的猎狗。他们不住挤向那器械的中心——刻有数字的两个铜轮。

克鲁克香克请席格彭先生调整第一个铜轮,数字"2"便同 V 形缺口成了一直线。他告诉那些人,如此一来,这个轮子上的数值便同第二个上的相加了。

技工们累得浑身臭汗,可还是相互推搡,拼命拱向前,仔细看着一个自告奋勇者将曲柄转了一圈。

他们看到了什么?嗨,$2 + 0 = 2$。

这就是他们为之献身的伟大想法?那流浪汉显然并不发窘。他叫每个工人转动手柄。一个接一个他们上去了。他们转动第一个轮子(2),加到第二个轮子不断增加的数值之上。

那台伟大机器的表现，跟个学校里的男童差不离。

$2 + 2 = 4$

$2 + 4 = 6$

$2 + 6 = 8$

$2 + 8 = 10$

每出来一个答案，克鲁克香克都要荒唐地惊叹一番。人们兴味索然，心生抗拒，点到名时答应得越来越慢。轮到一个名唤"土豆库兹"的染匠上了，他老大不情愿地把数字"2"加给数字"102"。

结果是 171。

胆大的吹起了口哨。席格彭先生沉下脸。

克鲁克香克拍着手，欢呼："好啊！"

桑佩尔欢喜地笑起来。

"不过是孩子那样的笑，"他告诉我，"什么也不懂。当然那位天才注意到我了。我是全屋块头最大的，也是唯一一个没对他皱眉头的。"

不知道先前克鲁克香克对席格彭说了什么，克鲁克香克又是怎样期待他的展示为人所理解，可如果其本意是要提升士气，那已然一败涂地了。工厂的主人气冲冲回了办公室。

"这个，"克鲁克香克说道，这时传来工厂主办公室的甩门声，"这个，我们应该称之为奇迹。"

人群中一阵尴尬的讪笑。

"你们一齐目睹的,"克鲁克香克笑笑,"一定看上去是违反了'加二'的法则。你们一定觉得不正常,这么想的,甚至包括你们的主人。"

"主人"话音刚落,也不知是刻意还是巧合,席格彭鸣响了哨子。片刻之后人们向门口蜂拥而去,只留下几个拿不定主意的家伙尚在逡巡。

"我不是你们的主人,"克鲁克香克哄他们说,"但我是编程员。现在走了,你们就永远不知道是我给机器编了程序,所以五十一次相加后它会照我的设计创造奇迹——经过五十一次相加,它会中断连续。"

听到"奇迹",其中一个滞留的工人反应很激烈。他啐一口唾沫,挥挥拳头,冲向门口。

"而对我来说,吉姆,这并不违反法则。这是更高法则的表现,我能理解,可你不能,弗雷德。"

但没希望了。他人心已失。

"你们期待 2 加 102 等于 104,可我写了新法则,102 加 2 等于 171。经过,"克鲁克香克对他留下的唯一听众说,"经过一番超出你们知识水平的运算,某根杠杆'咔哒'就位。你们便看到 2 加 102 等于 171。实际上,这就是我们称作奇迹的东西。而预言了奇迹的我,将被称为先知。"

所以这天才的话进一步确定了富特旺根人的上帝观念的卑微与可怜,世间存在着人类知识不能理解的机械装置,在我们的视线以内，却又在我们的眼界之外，可能有那样的体系，我们永远不会知道，那样的世界我们见过，却忘记了。此时，在草地滚木球弄，桑佩尔追忆起他还是个孩童时常思考的问题：他一心想知道，蜻蜓的三个生长阶段——泥下的幼虫时期，水里的动物时期，空中的飞虫时期——都是什么样的。长至最后一个阶段的蜻蜓对最初的经历是否还存有丝毫记忆？而他，最后会不会飞上天空变成蜻蜓，如果真是那样，他又怎样理解世界？"可怖的神秘。"他对我说。宇宙的壮丽与雄奇。他一刻也不曾怀疑过，克鲁克香克是天才，更或许是天赋异禀的"高等生命形态"。为什么不会呢？我们相信耶稣在水上行走。[1]

　　"愚昧反叫我们傲慢。"那傲慢的钟表匠说，骇人的双眼在富特旺根的火光中熠熠发亮。"要是动物拥有全然不同的官能，我们又怎会知道呢？为我们所轻视的这些生物，获取信息的来源或许是我们做梦也想不到的。在形体与智力上，他们没准都有远远高于我们的形态，为什么不会呢，我的英国老弟，为什么不会呢？在伦敦时我二十八岁，"桑佩尔说道，"我沉醉于这样的念头，其中一些我藏在心底，仿佛从童年起就揣在兜里的鹅卵石。所以当那位天才同我四目交汇，

────────

[1] 福音书中耶稣的神迹之一，在《约翰福音》、《马太福音》和《马可福音》中都有关于此神迹的记载。

他看出来我愿意献身。待工厂里的纷争终于息止，他邀我同行，去他在索霍广场西边的家。"

3

我是佩西的引擎，他的脉搏，他的伏打线圈。我搦管挥墨滋润他，形容着一台我从没见过的机器人的制造点滴。我的白天便这样度过。我的夜晚，另一方面，可就办不到了，因为什么也阻止不了桑佩尔絮叨。卡尔和他母亲逃去睡觉了。这下我的处境更糟。我被吞噬，埋葬。积雪高筑，累至窗台。

桑佩尔声称，克鲁克香克家的前门打开之时，便是他"出生"之日。如今，在索霍广场，他很快会"完全弄懂"那台"克鲁克香克引擎"。他言之凿凿，逼视着我。他有证据。即，他曾就这一发明向阿尔伯特亲王作过一番"非常实际但理论性不强"的报告。

他硕大的马眼要人回应。能说什么呢？那不光是句假话，而且假得没有一丝余地。萨克森-科堡阁下的脾性，父亲是有充分理由了解的：淡漠孤高到极点。桑佩尔这样的人，他连见都不会见。

是的，这或许看似不可能，那钟表匠最终承认，但一个外国锯木工的儿子竟有幸同阿尔伯特·克鲁克香克阁下做伴，"其可能性也是不相上下啊"。"是吧，亨利？是吧"。

在克鲁克香克家的楼梯顶上，他迈入了一个世界，看到了深奥的秩序。那崇拜者继续道，胡言乱语，犹如一个皈依浸礼会的信徒。被困德国，我只好看着他跨上砖砌的暖炉，绕桌子跑来跑去，而很快我就明白，他眉飞色舞描述"深奥的秩序"，不过是一个笃信者在赋予一团乱麻以意义——儿童玩具、东方小塑像、弯曲的铜器、大理石碎片，还有整整一堆藏书，每一本的前面都放着古董或小玩意什么的，每一件都很招眼。

那老人的太阳系的中心，据说，是一个玻璃橱柜，两台银质机器人在里头安家落户。那是两位淑女，克鲁克香克坦承，他打小就深爱着她俩。她们双双赤身裸体，是活物又不是活物，银灿灿的，十三英寸高。

克鲁克香克让两个银淑女动起来了。

"了不起。"我说。

"你不懂。"

我显然无法理解的是，阿尔伯特·克鲁克香克缘何是天才。而这个天才竟知道桑佩尔是古往今来他的头号知音。更非比寻常之处在于他是个没有受过教育的锯木工。

一位银淑女透过眼镜端详了年轻的桑佩尔一番——她能否看见那段罩着粗劣、发霉破布的蠢笨身体，那双扣在暗自怦怦乱跳的心前的大手？她完毕后回到了同伴身边。第二位淑女是个舞者。她手上栖着一只银鸟。主人扭摆舞动时，它便会摇尾巴、扇翅膀。

我对桑佩尔说他真是幸运至极。我说一个人在伦敦住一辈子都不见得有这样的眼福。

我不知道干吗要说这个。这不是实话。

他兴致起来了。他讲述他如何跟桑佩尔沿着一段窄梯走到一间工坊，那小屋就像"一个檐状菌"长在房子边上。

那密室里冷飕飕的，不过到处是上好的机床、钻机和压床，在房间一头的制图台上，他拿出了之前带去草地滚木球弄的图纸。

克鲁克香克试图当场雇用他。

不过桑佩尔不够格。他不是钳床工。他压根不懂数学和微积分。

"可你笑了，"克鲁克香克坚持说道，"QED①。你是我的人了。"

"我只是让人觉得我懂了。就笑了笑而已。"

"不见得吧。"

可人人看得出来，桑佩尔对我说，一个聪明人不会无缘无故一直去"2＋2"。"2＋2"是可以预料的。他笑了，因为他静待惊喜来临。他当然晓得"171"是"错的"，但他又猜

———————————
① 拉丁语 *quod erat demonstrandum* 的缩写，数学专业术语"证毕"。

测那一定是对的。他只知道： 编出这一程序的人是神。

"百分之百正确，"克鲁克香克说道，"以下便是我要你做的： 制作用来浇铸引擎青铜凸轮的模具，就行了。"

"可你不必非要我来做这件事。随便哪个普通的布谷鸟自鸣钟工匠都会这一手。"

"那么喝一杯吧，因为你是我的人了。"

桑佩尔笑了。那天才不禁问他在想什么。

"我来告诉你，布兰德林先生，"桑佩尔说，"我来告诉你我绝对不会对他说的话。我想的是，我的灵魂找到了真正的归宿。"

谁不会眼红他呢?

4

我这一辈子，总被人看作糊里糊涂的榆木脑袋一个，比如说，我就不明白他妻子为什么要搬离自己的房间。

所以桑佩尔说了： 亨利啊，你明白不了的。

"事情是这样的，布兰德林先生，当时我好好在床上睡着。"

我一声不吭。

"我打赌你想不到接下来发生了什么吧? "

"还真想不到，老伙计。"

"有人要谋杀我。"

显然这不是真的。

"不，不。有个眼泪汪汪的男人摔在我身上，"他宣称，"像只橡木上荡下来的猴子。他大哭大闹，还打我。"

已是午夜，那"高等生命形态"，这时身穿睡袍，狠狠地扑向桑佩尔，一边哀号一边击打酣梦中的他的大脸。桑佩尔的第一反应很典型，以暴制暴，可他转念之后的行为却颇出人意表——他将那老人拥在怀里，抱着他，直到他入眠。

亲爱的老爸，我心想。黑夜里老人的恐惧。

黎明到来时，那雇主已经走了。桑佩尔穿好衣服，下楼走到早餐桌前。克鲁克香克在那儿呢，读着《泰晤士报》，除了挺拔的鹰钩鼻上有一处擦伤，毫发无损。

"我不是医生。"桑佩尔说道。但这无妨他诊断老人患有麻痹症。

往后几个月里，显而易见，他断定克鲁克香克的病不是克鲁克香克身上的附着物，而是克鲁克香克整个人。克鲁克香克即是恐怖的渊薮。恐怖是什么面目，他就将自己依样浇铸，他挖深眼眶，拉直嘴唇，下巴犹如钢板一块。

此外，桑佩尔总结道，对自己的聪明一副讨嫌的惊叹模样，那害得克鲁克香克夜夜乱舞着、嚎啕着冲上楼的创痛，就是塑造"克鲁克香克引擎"的痛苦。引擎和疯病是一回事，他说道。

"克鲁克香克的一家子——他妻子、两个女孩儿和一个襁褓中的男孩儿——葬身大海。你明白了吧？"

恐怕我打哈欠了。我不想的。我不情不愿地知道了拙劣的海军航海图是造成海难的罪魁祸首。船长像笃信《圣经》一样笃信那些表格，结果它们引导他触了礁。

克鲁克香克先生是天才，他大吼。他孜孜以求悲剧肇因的**合理解释**。他，克鲁克香克，亲自检查过航海图，发现其中**充斥着人为错误**。难以承受啊，撞击、淹死他家人的不是命运，不是上帝，也不是大自然，而是**失误**。我在听吗？这些数据错误像愤怒的蜜蜂，叮咬着可怜的克鲁克香克的思绪，整整好几个月，一大清早，他就端坐桌前，手里拿着笔，缓慢地、细致地，将海量错误一一纠正。也许他幻想着，一番苦役将带来善果，死者会复生，炉火会重燃，厨房里会满溢约克郡布丁的芳香。

他把那些误算向"部里"汇报，部里的人印刷了勘误表，发往海军与商船队。可随后，令克鲁克香克震惊的是，他发现图表中的错误死灰复燃，犹如屋顶漏洞中渗下的雨水般连绵不绝——许多勘误纸条的副本都是错的。在一百四十卷图表中他发现有三千七百张勘误表错得跟它们原本要纠正的错误差不多。这些巨量表格是由那些戴着赛璐珞眼罩的人核算的，他们名头倒是响当当：计算者、计算长、计算员。他们的书法堪称奇观，你简直要以为是车床轧出来的。唉，他们不过是些普通职员，袜子上有破洞，喘气里闻得到洋葱，浑身透着人性的俗子凡夫，不该委以机械地重复做加法这样的任务。

结果在誊抄过程中便产生了讨厌的错误，从计算到印刷，各环节纰漏不断。排字时有误植，密密麻麻犹如蝗虫，而校对的疏忽又多如沙粒，每个微小的差错便是一座锡拉岩岛①，足以劈开一条栎木船。不管这丧妻失子的男人在乏味的算术上花去多少个夜晚，错误依然在继续。

如此镇日迷狂，据桑佩尔说，克鲁克香克病倒了。不知在病中，还是在病体复原后，至少肯定是疾病带来的念头，他开始思考如何将人的脑髓与纤维替换成铜与钢，不是那种"沃康松的镀金蠢玩意儿，只堪用来博富人和庸人一笑"。克鲁克香克的机器，没有半点"害人的湿漉漉"。这是他的原话，桑佩尔说。

克鲁克香克之前留有一些写生簿，画着鸟儿和自然风光，卑微如甲虫他也不吝关注。可以说，他的双眼渴切想知晓、想了解自然世界。但现在，他那勃发的好奇心转向了内部，他的眼睛，多半停驻在自己的鞋上，他试图发明一种蒸汽驱动的机器人，提供丝毫没有差错的航海图。只要输入数字，那台机器便会重复做加法，直至十位数。那机器会加啊

---

① 位于意大利墨西拿海峡，对面是卡津布狄斯大漩涡。

加啊加，像个毅力超绝的人类，但避免了我们这一物种不断要犯错的倾向。计算的结果不能经过人类杀戮无算的双手。机器会输出正确的数字，**不经人类干预**，将这些数字付排，再根据铅字制模，从模具里倒出印版，**不经人类干预**，印刷图表。他在悲伤的脑海深处运筹这一切，方程式运算如飞，轴承纷纷转动，凸轮移进动出，杠杆时紧时放，计算到七阶差分，小数点后面三十位，所以每个数字的长度都在三十到三十一数位。

那悲伤的天才，桑佩尔说道，漫步伦敦街头，一边设计着——全然在头脑中——一系列世上从未存在过的模型；他看得到这一个三维凸轮如何同那一个三维凸轮卡接运转，它们如何在轴上排成一线。在他智慧结晶的相形之下，沃康松的鸭子理当露出真面目——一台制造垃圾的机器，原谅我这么说。

是这些模型**来找我主人的**，桑佩尔说。他一一接待，**全然在头脑中**。他以惊人的准确性画下零件。随后他教席格彭怎样看那张图纸，怎样做木模具，怎样用青铜浇铸出来，或者在机床上改造，使得所有这些元素合力作用，最终给人以如下错觉：转动时，它们就像根铸出来的灯芯，在柱体上柔软地打旋，仿佛某种来自遥远星球的生物的脊椎。这些零件的公差将精密到每英寸五百分之一，如此设计是为了扼杀出错的可能。一旦收到错误指令，机器就会卡住。

要完成目标，克鲁克香克需两万五千个零件，聚在一起，十二英尺高，八英尺进深，重达好多吨。有了一万个零件，他差不多已达成一半。谁能看懂这是什么生命秩序呢？

女王殿下一次也没有说过这想法难以理解。但就像在骑士品第、战争、扩张、金本位制与流放刺客诸问题上，总归有利益冲突、领地纷争与意见相左，桑佩尔说道，君王的身边，还有成千个心怀鬼胎的蠢材，而这些天文学家，比方说吧，尤其是天文学家，觉得难以想象，因为没有哪颗人类头脑算得准这样一台机器要花费多少。席格彭花掉数千镑之后，那些官僚断定他们手上捧的是个劳财耗力的大包袱。没有人，毋宁说克鲁克香克也不能，告诉他们何时能完工。

所以，桑佩尔说道，我才刚得贵人相助，踏入**黄金国度**，爬上或许能参与改变人类历史的崇高地位，才刚到达索霍广场，可那些宫里的白痴偏要在此时宣布不再提供经费。

德国人，桑佩尔大喊，德国人。我就是受不了他们。白痴，蠢蛋，自命不凡，装腔作势，实际上就是一帮笨伯，明明熔掉一两顶金冠就能资助那机器了。

他冲我笑笑，把手放在我肩膀上，他下面的话有点体己过头了，太不把我当外人。

"那时我年纪尚轻，"他说，"可一旦受雇，显然我就心甘情愿地成为了世上最不健康的生物，修道士一个。在你的处境，应当不难想见我那些干柴烈火的春梦，它们映照出一

[222]

切，唯独遗漏了我的现状：胸口夜夜抱着一个天才。我多想平复他躁狂的灵魂，如果你肯原谅我这样的表达。"

他既然口吐淫言秽语，那亨利·布兰德林，虔信基督的绅士，就有一万个理由退避就寝了。

凯瑟琳

暗沉沉，透过一面镜子看见，或者说凭直觉感知，那些富特旺根与洛厅的陈年旧事，确让人饱尝可望不可即之苦。这样阅读并不需要你查明漫漶的字眼。事实上你很快就会知道你盯得再久，骂得再凶，原本混沌不明的地方，也还是照旧。生活中的你，从来没有像现在这样同模糊与晦涩相安无事。

然而我是个钟表学家。我必须弄清楚物与物如何结为一体。我不可能接受克鲁克香克是高等生命形态，或者动物也许拥有更高级的精神生活这类说法。细思这些"奥秘"，发觉傻大个桑佩尔同金发美人阿曼达之间竟有极为惊人的相似点，倒也不是全无趣味。他们有着类似的思维习惯，好似一对学究，总将证据生拉硬拽，套上自己的理论。当阿曼达与我第一次启动引擎，我看到那根脖子恐怖而逼真的动态——那么无情、狡黠、柔软、冰凉、银光锃亮、宛若阴茎——我也不能不为之动容。由此我也更庆幸她从没读到桑佩尔先生"高等生命形态"云云的怪论。

天鹅当然能"派上用场",正如桑佩尔反复强调的,不过我看他未必想得到,博物馆会是这样派它用场的:把天鹅摆在朗兹广场的入口,一天到晚,像有磁力似的,吸走顾客兜里的金币。至于这笔收入够不够抵消托利党人截断的专款,你不必算术很好就该知道那是办不到的。

那只天鹅不会是路西法,也不会是一台偷运基督十字架的交通设备,而将成为一个供家长带孩子参观,让脚踩敝屣的老年人缔结奇缘的设施。

还要制作出奇昂贵的明信片,连同海报、影碟和目录。目录上会附有一篇克罗夫特撰写的学术文章,另一篇相较而言低端、实际,是拙作,还有——为什么不呢?——阿曼达卓然独特的插画。入行头一年的助手能为一份重要目录献上大作,实属罕见,可不管招来多少惊异的目光,无可置疑,阿曼达·斯奈德,虽说尚当不起学者之名,却每天都在创造出类拔萃的作品。天知道这些画的所有权和版权问题要怎么落实,因为尽管她的许多幅速写都是利用来斯温本上班的时间完成的,但五点过后她并不停笔。一页又一页,在她对银项圈详尽的工作影像记录与相对私人的作品间,并无真正分野:有一幅,画的是工作中沉思的我,要不是生怕显得太过自恋,我都想买下来了。

对她的素描本,我的助手丝毫不藏掖,我呢,偷看过三回。其中有两样,很能反映她的精神状况,本来跟我是一丁点儿也没有干系的，可谁叫我是她老板呢。

里面最奇妙的莫过于一张三维建筑图，精确细致地剖解了那恐怖的船壳的结构，那座可怕的坟墓，载着卡尔的方块渡过冥河。我不准她碰那东西，结果只好恨恨地看她连着几小时地画。她描绘出了拱形的横梁和两边的覆面，也仔仔细细标出了防渗漏的沥青，与此同时，没有略去下方的窟窿。

阿曼达当然不会忘记简单具象世界里的东西。一丝不苟，她以考究的交叉排线画下了藏在木外壳下的大量神奇物件。可我干吗要生气？我要治想象力的罪不成？那些物件让我想起陪葬品，人们在法老墓穴里看到的装谷子、盛水果的钵头，但它们究竟有何深意，我毫无头绪。不管怎么说吧，她总是个相当不错的助手。

我正把本子放回工作台，门冷不丁开了。我赶忙"倒放电影"，希望演得还算逼真。意思是说，我假装准备拿起我还没有放下的东西。

"阿曼达，"我说，"你跟克罗夫特先生谈过你的画了吗？"

她在本子边上放下午餐袋。"噢没有，当然没有。"她面染红晕，不一定是高兴使然。

"你能影印一系列给我吗？尽管挑你最满意的。我在考虑那份目录。"

她眼里透出狐疑，可看她唰唰一页页翻着，我知道她好面子，暂时不会戳穿我。

我把手放到她腕上，不让她翻过那幅隐秘夹层的画。她的身体在抗拒，我可以感受到。

"它的灵魂，是不是？"我问的是那些小制造品，"都是些什么啊，阿曼达？"

"秘密。"她道，说罢翻过两三页，是一幅色情露骨、诡异特出、日本风味十足的天鹅画像。

她抬起一根嚣张的眉毛，不过她现在心里更没底，脸颊微微更红了。

"我不喜欢他。"她说道。

"你做得非常出色了。"

"你不觉得他在暗中搞什么名堂吗？"

你会想，我俩都到这一步了，理当早该发觉她气色不好，可我就是不愿"理当"。

"您也感觉那个蓝色方块不对头？"

"不是不对头，"我说，"而是很感人。"当然她不知道卡尔，所以我这句评论她根本听不懂。

"贾里格小姐，您觉不觉得船壳里可能还藏着些别的什么？"

"灰尘，"我说，"钉子，铜螺丝，木屑。"

她生气地摇了摇头。

"您连想都没想过？"

"没有。"

"难道不应该想吗？"

"不，"我说，"行啦。我们真的快该交成品了。"

"您知道吗，我们能够预计到，可能存在更多蓝色方块。靠数学算。"

"不，阿曼达，我不这么认为。"

"您研究过数学吗？"

"阿曼达，够了。"

"对不起，贾里格小姐，但如果您善于计算，我相信您会给我肯定的答案。我希望您能跟我朋友谈谈。他是那种数学天才。我能给他办张出入证吗，贾里格小姐？求您了。不会出什么岔子的。"

我是个社会主义者。去指责一个不知道自己身份的人，我会惴惴不安。阿曼达不知道自己的身份，但我没法向她捅破。我在出入证的申请表上签了名，剩下的让她自己去填。

怪的是，她一说这个朋友，我立马想到是安格斯。可因为那实在太离谱，我旋即就打消了念头。是不是我的"不知情"有点太刻意？会不会其实我心底里很希望是他？我说不清，可当马修的大儿子穿着那条收腰身、打褶的长裤在我办公室出现时，我虽惊得哑口无言，却也拿不准究竟是何心情。"极度恐惧"或能一言以蔽之吧。

那年轻人看起来很不自在，不过我脸上的表情、对阿曼达说话时的冰冷态度，也彼此彼此。

"你可知道安格斯的父亲曾在斯温本工作？"我质问道。

"不是这儿。是在朗兹广场。"

"你跟安格斯怎么认识的？"

"噢，在萨福克。"

我遭到入侵，受了侵犯。萨福克是我们的地盘，马修的，我的，交织着我俩的生命与呼吸，绍斯沃尔德，沃尔伯斯威克，邓尼奇，甚至诺维奇，都是我们秘密二人世界里秘密的锦绣。男孩知道那地界充盈着他父亲的生命，她怎么还敢拖他入内？

我肯定是面目可憎，怏怏不乐。他们不知怎的颇为镇定。

"萨福克哪儿，阿曼达？"

但我并不想听，好比你不愿看到你爱人偷欢时躺的床。

"贾里格小姐，我想你对我俩的相识管头管脚的总不大公平吧？"

我笑了，或者说倒抽一口气，在于你怎么看了。可我不想跟安格斯吵嘴。我希望他到头来会喜欢我。

"原来，当然咯，你，"我对他说，"就是那个数学天才。"

"我尽力而为。"他挺紧张，摆弄着他的手绘纽扣。我心想，啊，是阿曼达画的。

"如果你把东西给我看的话。"他说。

显然她已经给他看过画了，因为他说话时一直盯着那船壳。"这样，"他说道，"我知道他们将既定的容积均分成了一块块区域。我知道蓝色方块的大小。你是想问我能不能用数学推断出里面是否可能藏有更多蓝色方块？"

"谁晓得里头有什么？没准不是蓝色方块，"阿曼达说道，"指不定是什么远古的化石呢。"

凛然一阵寒风掠过我的身体。

就算安格斯吃了一惊，他也不动声色。不管怎样，她的姿色足以把一个小伙儿迷成聋子、瞎子。"如果方块是随机放置的，"他强调，"那找到一个的概率就是分隔区域的大小除以总容积的大小。"

她朝我点点头，仿佛在确认她是动真格的。

"我没法预测难以预测的事。"那男孩说道。

"你说你可以的。"

"你这么问我，我给你举个例子吧——你正沿着人行道走，突然看见一个纸袋。里面有支笔。你发现近旁还有个纸袋。有多大的可能性那里面也有支笔？答案是，我没有线索。我知道可能会有，但我就知道这么多了。"

"得啦，"她说，"肯定有不止一个方块。否则说不通。"

"阿曼达。"

"贾里格小姐，里面当然有很多部件。对天鹅的问题来说这是最关键的。"

"什么是天鹅的问题呢？"我问道，脖子上汗毛直竖。

"阿曼达。"安格斯说。他拉她的手，可她甩开了。

"你骗我。"她说。

那可怜的男孩压根摸不着头脑。"说来那双层外壳里面藏着东西咯？"他说。

"明知故问。我告诉过你。"

"好吧，你直接用 X 光一照不就完了，"他说，"谁还需要数学啊？"

"办不到的。"

"不，完全办得到，"安格斯说，"博物馆有 X 光的。要是里头有东西，你会看到的。"

阿曼达转向我，眉毛皱得眼睛都挤成了一线。"真的吗？"她询问道，"是不是又在骗我？"

这时的过分关切也情有可原，我告诉自己。

"亲爱的，"我说道，尽管我通常不会用这样的字眼，"容我告诉你一件事吧，英国刚刚经历大选。结果呢，新上台的把我们的预算减到了最低。与此同时，我们接下了任务，要修复一台非常复杂、非常伤脑筋的机器人。开了三个钟头的会才同意换掉一条小鱼。没有 X 光，没有，不会有的。"

"求您了，贾里格小姐。"阿曼达哀求道，紧接着——猛然间——她明白我不会让步。

然后她就抓破了我的脸。

2

伤口不须缝针，但我怒不可遏，结果在朗兹广场我的身份证还出了问题，我彻底疯了。

马修的原子，在该死的楼梯上一路阴魂不散，我走到哪都是，那里的氧气，曾爱抚过他肺部干净的粉红内壁。我一个认识的人也没见着，也有可能他们先看到我来了。

一个足病医生有次对我说，听你走路别人会以为你正在发火，而在我咚咚的脚步和飞扬裙摆的墨水蓝漩涡里，确有种气冲冲的感觉；我啊，一直以来，脚跟踏得太重。我约了人吗？不，我没有，但他在，克罗夫蒂，置身老鼠窝中——书啊纸啊目录啊卡片啊，几乎没有一件东西悦人眼目，除非那充填的干草掉得满地毯都是的木板箱里还藏着什么宝物。不过这依旧是间相当漂亮的办公室，宽大、随风响动的乔治王朝时期的窗框，大理石壁炉，一方庭院更是如修道院般清新而静谧，深掩在栗树的树荫里。

"你这到底是怎么了？"他说，语气里透着满满的柔情与伤心，看他伸出手来，我不禁想起身穿晚礼服的马克斯·贝克曼①，

① 马克斯·贝克曼（Max Beckmann, 1884—1950），德国表现主义画家，以色彩阴沉著称。

孤独，焦虑，温良。

"那姑娘非走不可。"我说。

"我的天哪！"他说。他的温柔吞噬着一切。我突然觉得自己活得见不得人。"她打你了？"

我不让他碰我的脸。

"还是拿张面纸吧。"他说。

"把她弄走。"我说。

一张扶手椅上都是气泡塑料包装纸。他为我清了场，我坐下了。他坐在桌子后面的滑轮椅上移了过来，我俩的膝盖快要靠到一起了。

我说："你就喜欢乱撮合人，像经营一座该死的种马场一样。"

有那么片刻，他露出了杀气微腾的"克罗夫蒂神态"，好似正在考虑该打哪张牌。他又给了我一次面纸。我很高兴知道自己脸上到底有多少血。

"凯瑟琳，你究竟什么意思？"

"你真太爱管闲事了。"

我寻思，这下他该去泡茶了。

"是吗，真的？"他双手抱在胸前，我瞥见他袖口下有只劳力士，像是商界腐败的标识，"你那么想我很难过，凯瑟琳。"

"阿曼达是你朋友的孙女。利奇菲尔德，对吧？大人。"

[233]

"那个是摄影师，亲爱的。杰拉尔德其实是位男爵。"他站起来。"稍等。"

他走开了，我心想，这下他总要去泡该死的茶了吧。茶是正山小种，他会问我不放奶是否介意。可他回来时拿的却是绷带、药棉和好几种深色的瓶子。他手忙脚乱地往一根棉签上倒酒精。他想帮我擦伤口，但我坚持自己来。

"会疼的。"

当然会疼。"不管怎么说，"我说，"阿曼达·斯奈德是你朋友的孙女。"

"实际上也不是朋友。"

"那么是董事会成员。"

"是个收藏家，亲爱的。一个很不一样的怪物。"

他伸手接沾了血的棉签，我给了。我换来一块干净的纱布。

"不过是你一手操控的？"

"凯瑟琳，发生这样的事我很过意不去。这当然不可原谅，可收藏家心系博物馆，对我们并没坏处。而且，她很优秀。你也看到她的成绩单了。考陶德人夸她夸上了天。威斯汀更是寄来了一封三页的信。她显然很有才能。"

"但会不会有点反复无常？"

"依我之见，她一直都很不错。"

"你能看到我的脸吗？你能看到她干的好事吗？我不想

她再到我工作室来。"

"凯瑟琳，好歹让我找个护士来帮你看看。听我解释。这段日子是不太容易开除人的。"

"噢埃里克，亲爱的埃里克，她这人怎么搞的？你有什么瞒着我吗？她是不是既有躁狂病又有抑郁症？"

"我们真的有必要给热情贴上临床病症的标签吗？"

"这不叫热情。"

"那么'着迷'好了。依我之见，她百分之百是中用的。是这样的吧？"

"不，她是个疯子。"

"这次的溢油事件让她心里很乱，很明显呐。"

"她很混乱。说对了。"

"亲爱的，你读不读报纸？你看不看电视？《石板书》上有一大篇特写。你读不读《石板书》？写的是溢油事件带来的心理创伤。她的感受很正常。她心里乱。"

"我也乱。那我有权揍你一顿吗？"

"我只是有什么说什么。最近成百上千的孩子整天在看石油溢进墨西哥湾的可怕视频。都上了瘾了。我知道她一直在画些恐怖至极的作品。说真的，看了你会想自杀的。"

"画了些什么？"我问道，心想，这倒是没注意。

"当然必须采取点措施。真糟糕。她显然是不由自主。闯下了这样的大祸。"

"多谢。所以可以开除她。"

"她要是真如你所说，有病，依法我们就有照顾的义务。这么一来，免不了会有慢得要死、烦得要命的手续。我们必须请来两名医生证明她丧失工作能力，然后——我不知道——她可能会理解成我们在歧视她。"

"歧视她时髦？"

"你爱这么说也行。别说笑啦。她会争辩说我们采用的是间接解雇的手段。"

那姑娘勃然大怒，就因为我不肯用 X 光照东西，而那既非她的职责所系，又非她的专业领域，现在又变成我在密谋解雇她，罪名是太时髦。耶稣帮帮我吧，我心想，而克罗夫蒂呢，心怀朋友的好意，解释着手续，试图搪塞过去，因为他不想失去一位捐助人。

"你有耐心一步步做吗，凯瑟琳？你真的要这样对待一个病人？"

他的头微微倾斜，透着疑问。"噢，"我说，"你心里是在说我吧？"

"不，完全不是。没有丝毫这种想法。"

"我才有病，你是这个意思吧？"

"我去泡点茶。"

"别，别逃啊。你干吗东跑西跑，背着我忙活？"

"亲爱的，你以前从来不会介意这么多的。"

"你是在说'减压药'的事吧？"

他起身，关上门，回来时脸上一本正经。我收敛了，早该如此的。"对不起。我从来不介意什么？"

"嗯，我向来真心实意地觉得介绍我的朋友彼此结识是我的天赋、我的才能。这不是种能增添自己快乐的能力，我得说。"

我不知道该说什么。我当真心慌，这话指不定要岔到什么地方去。

"是谁安排你跟马修一起工作的，你肯定不记得了吧？"

"别说了！"

"可你干吗要心烦呢？你是不是宁愿我没有安排过？"

"求你了，求你了，别说了。"

"噢猫咪，你真的是我见过的最美好最优雅的人，你身上没有一点不完美的地方，真的。"

"所以你把我推向了一个有妇之夫。"

他在椅子上打转，把弄起他的电水壶来。他背对着我，我并不难过。

"他那么惨，那么苦，"他说，"那个水性杨花的烂女人。对这么个可爱的男人来说太不堪了。"

"你真的是刻意安排我过去的？那他知道吗？"

"他过得太糟了。你当然也知道。她是彻头彻尾的残忍。她残忍到现在。小儿子能跟她处得很好。他相对而言是安全的。"

我注视着窗外的栗树，回想着喝威士忌的诺亚。

"不过那大儿子……"

"安格斯。"

"是的，安格斯被迫成为了一家之主，这就痛苦了。"

"所以你要去救他。"

"他当然必须自救。"

"可你让他去跟阿曼达约会。"

"不完全是。他们在沃尔伯斯威克有个网球场。"

"沃尔伯斯威克？沃尔伯斯威克。说来她还是我该死的邻居呢。太谢谢了。"

他不说话了，直到端回一壶正山小种才又开口。他还切了个柠檬进去。"凯瑟琳，请你别说了好吗？带给别人快乐总没什么错。"

"她会不会有点精神分裂？"

"你看过她的画吗？"

"我当然看过她那些见鬼的画。她就是在为我画。"

"对不起。一点没错。"

"尽管当我问她同样的问题时，她说你从来没看过她的画，要说我讨厌这整出安排，其实就讨厌在这点上，埃里克。每个人都在我背后交头接耳。你把那俩男孩推向我，送他们夜里来我家，你又让其中一个去跟你找来为我工作的疯姑娘上床。我感觉自己就是个彻头彻尾的傻瓜。"

他终于煮好了自己那壶茶，虽然他跟我面对面坐，却隔了挺远。

"凯瑟琳，你要不要把刚才的话重复一遍，好让你自己听见？"

"你的意思是我也有'热情'？你知不知道，看到这些陌生人比我自己更清楚我的底细是件多可怕的事？这不是好意。恰恰相反。"

"所以说我对你很残忍？"

"是的。"

他把杯碟摆上桌。在他慢慢、慢慢站起来的当儿，我俩停顿了很久。我以为他要将椅子滑回平常的位置，可他没动，怒气咽了回去，望着窗外说道：

"凯瑟琳，我实在觉得我给你不少机会了。多得难以置信。不过这回我们真的得把那些文字材料还给博物馆了。"

"你在说笑。"

"亲爱的，适可而止吧。我不能对你的所作所为熟视无睹。我会因此被免职的，要炒掉我再简单不过了。扫地出门。清空桌子。警察押送，诸如此类。"

"你是在惩罚我。我道歉。请别惩罚我。让我把那些本子留在家里吧。"

"我们都有点太热情了。是时候大扫除一番，把一切处理妥当。"

"我们失控了？"

"有那么一丁点儿。"

"真的是你把我安排到马修身边的吗？"

"你拯救了他的生命。"他眼球晶状体的光晕里，映出玻璃窗清晰的影像。

"是他拯救了我的生命。"

"你改变了他。你就是他的生命。"

我再也不能自持。我抽噎起来。是我先伸出双臂的。当感觉到身前他硬邦邦的阳具时，我吃了一惊，但只惊了一晌。我想，可怜、可怜的人呐。我们坐回了各自的椅子上。我们在克里斯蒂的目录册上找到了一些东西。我们成了如假包换的"不存在的人"，一切信息在我们眼前尽数删去。

凯瑟琳&亨利

我亲爱的马修，一盒披萨送来时，我想起了你。我记得你用大蒜、生姜、辣椒腌制的美味羊排，在那棵饱经沧桑的榆树下放上一只日式小炭炉，细细炖煮。野生莴苣、菊苣、红生菜、苣荬菜、豌豆叶、水田芥，我吻你的足尖。

我吞下纸板盒里的饼。开读。

桑佩尔先生又来向我解释，亨利·布兰德林写道，阿诺先生打银器要比采集童话在行。阿诺倒霉就倒霉在，桑佩尔讥诮地说道，奉命为路德维格什么什么女男爵制造了一只俗不可耐的盐瓶。如今他在森林里像只耗子般东窜西跑，生怕那女男爵还会逼他造庸俗的东西。

当然啦，桑佩尔说，人人知道阿诺是谁，住在何处，不消一个礼拜女男爵就能把他带去她那儿，可她何必多此一举？

桑佩尔和我喝了点酸葡萄酒，亨利写道。

"那傻瓜一半的收入都用来收购童话故事了，"桑佩尔说，"我知道人们称他为发明家，但那种东西毕竟不来钱啊。"

什么东西呢?

"他鼓捣出来的洗衣机荒唐透顶。阿诺来给我看这种东西不是活该讨嫌嘛。我平生结交了那么多科学界的英才贤达,眼下只好听这阿诺一遍又一遍讲解他的洗衣机,命中注定,到死那些零件的细节都会烂在我脑子里。他根本不知道我的'机械记忆力'是什么水平,比这复杂得多的考验都能过关。拜这位见鬼的林中仙子所赐,那些洗衣机的零件在我脑袋里叮当响,像有人在敲钉子一样。"

他私心有一个宏愿,桑佩尔气都不喘一口就说道,把"克鲁克香克引擎"的两万五千个要素一股脑儿记下来。生出这个念头,是因为那天他听说草地滚木球弄四十号被英王代表查封了,门上了锁,窗户也贴了一条条告示,那台未完工的机器成了弃儿。

某些车床工认为这是不敬上帝的惩罚。"可罪魁祸首,"桑佩尔说道,"是维多利亚女王。"

克鲁克香克还不死心,觉得能够重获她的支持,因此主人他整夜整夜把海难的报道贴到一册对开的赠阅本里去。

桑佩尔无休无止地说,亨利写道,一刻不停,说啊,说啊,怕是找不到更像暴风雪的东西了。忐忑不安的凯瑟琳费力辨认着冰冷的笔迹,看下去。

那么久了,亨利·布兰德林写道,我为什么非要受罪?

我难道不是资助人吗?

那台机器的劲敌是大英女王,可不光是她。皇家天文学家①对引擎心生憎恶。他想尽一切办法毒害女王与亲王的圣裁。

自信终会赢得胜利,克鲁克香克继续记录海难的死者名单。看到一个个名字,那么多孩子,襁褓中的婴儿,你得是铁石心肠方能不动容。桑佩尔如是说道。亨利如是写道,而当时他什么心情,无人能晓。与此同时,克鲁克香克我行我素——他上书女王陛下,询问道,不管她是否决定继续拨款给引擎的项目,能否立即下旨将弃置的大批钢铁与黄铜赏赐给他。这样他便能售出股份,独立集资确保这救人性命的机器顺利完成。

随后,因为他从来等不及任何人,哪怕对方是女王,他开始立马寻找投资者,口授了许多封信寻求资金。本来很快就能发出去的,但在纠正桑佩尔的英语上浪费了好几个小时。然而这点瑕疵并不能妨害他俩的关系。其实正是在这段时间,桑佩尔第一次有了"我的德国佬"这一昵称。

克鲁克香克先生一向友善,桑佩尔说。多亏了他,我的英语长进不少,虽然说实话,他的厨师也得记上一功,在许

① 英国的一个高级职位,可以对天文以及相关科学提供建议,拥有极高的声望,首任皇家天文学家为约翰·佛兰斯蒂德(John Flamsteed)。

多方面他都是个很生动的老师。

　　既然肉贩不肯再供应家庭的需求，那天才就设法联络上了大英铁路公司，董事会一纸聘书，要他尽快调查出这种新型旅行方式的困难与风险。他向公司要了一节二等车厢，再同桑佩尔一道把内部清空。他们在框架上装了一张长桌，做了些特别的设计，可以完全不受外界运动的影响。在桌子一头他们放了"纪念碑般庞大"的一卷纸，摊开来的话，足有两千英尺长。这张纸自动卷到第二根轴上，好几支墨水笔便会勾画曲线，分别测量出摩擦力、引擎的垂直晃动程度和其他"你不懂"的东西。那些笔会给出乘客的安全与舒适程度的确切指数。比方说，墨水笔能测出引起车厢晃动的力。

　　这傻瓜，亨利·布兰德林写道。

　　这傻瓜不知道老爸是铁路公司的董事，而且原本会是对任命克鲁克香克全权负责的那个人。不过，亨利写道，我倒是很有兴趣知道那俩无赖是如何利用布兰德林家族的慷慨的。我没有透露自己家有这层联系，于是很容易就得知了这俩流氓不花一分钱，坐火车从英国一个地方到另一个地方。这无疑极其危险，因为他们势必每次都把实验室连在公用火车上，而他们千变万化的策略——我承认我并不总能理解，亨利写道——包括断开与列车主体的连接，发射到一条旁轨上。红球进顶袋，亨利想。每次出击前，球袋也好，旁轨也罢，都要谨慎选择。预先的安排实在是够周全的，有一回，

[244]

桑佩尔领命写信给一位洛夫莱斯夫人，说克鲁克香克先生和
"我的德国佬"会到达迈恩黑德酒馆以东三英里处的
"23A"号旁轨，地形图显示一马平川，他俩有望在那天下
午两三点同洛夫莱斯夫人坐的那班车碰头。

他们就这样从一个庄园漫游到另一个庄园，享受达官显
贵的款待，场景穿梭，千姿百态。他们尤其乐于同科学界的
精英交游，预约晤面的地点，有酒馆，有村舍，还有一次，
跑到了泥泞的田野里。

通过后来的这些交谈，桑佩尔声称，他头脑里可以清楚
地出现那台完工的机器。每一英寸他都烂熟于心，公差精密
到千分之一，那对旋转的模型在他的描述里，就像两段螺旋
状的楼梯互相盘扭，在对方的台阶间滑进、滑出。

与此同时他把自己描绘成一个不比杂货铺店员聪明多少
的庸人。那种人呢，等某天有幸亲睹天鹅的脖子时，只消瞥
一眼那捉摸不透、神秘超绝的动作，他们木鱼脑袋上的头发
就保管根根倒竖。

如今他彻底疯了，亨利·布兰德林写道，没有哪股自然
力量能阻止或抑制他疯病的恶化。但"他"指的是谁？克鲁
克香克？桑佩尔？

没错，是桑佩尔说的，克鲁克香克想当然地深信其他星
球上也有生命体。

看来我必须得反驳，亨利写道，哪怕这场战役实力差距

悬殊。

据说汉弗莱·卢卡斯爵士和保罗·阿诺德先生同克鲁克香克所见略同。他俩曾与两位贵人在亨莱共享一条羊腿。"不承认也没用,"且听他一面之词,那位伟大的天文学家私底下告诉桑佩尔先生,"彼时彼刻,在天边的角落,一个辽远的族群正当存亡之际。"

"没的说,"桑佩尔探询布兰德林道,"你只能同意。"

亨利写道,我不相信堂堂科学家说得出这种话来。而且,身为圣公会教徒,我也无法苟同。桑佩尔猛地冲出了房间。我心想,**至少我可以上床睡觉了**,可结果桑佩尔又折回来咆哮道,连天外星辰间存在高等生命的可能性都接受不了,简直"愚蠢而狂妄",但既然愚蠢与狂妄乃是人类最常见的病症,他料想圣公会教徒也不能幸免于传染。

"我见过这些生命形态,"他的嗓音既响亮又深沉,"我仔细观察了他们。"

亨利要他赌咒发誓。

看桑佩尔不肯,亨利就知道他根本没见过这类生物。他实话实说了。

桑佩尔回答:"难道你不知道我是谁?难道你不知道你是他们派遣到我身边的?"

他这么大发雷霆,怒火骇人心魄,为保平安,亨利写道,我赶忙转换话题,打听起克鲁克香克呈给大英铁路公司的最终报告。这么一来，终于风平浪静了，桑佩尔先生侃侃而谈，听他骄傲的语气，你还以为写下报告的是他这个奴才呢。他重新坐下，壮实的腿肚子搁在圆滚滚的膝盖上，不厌其详地回忆起那三条主要的建议，极尽烦人之能事，可我当时，亨利写道，热情已然掏空，实在懒得去听了。不过待我最终平安抵达洛厅的家，我倒是很乐意在老辛普森的碗橱里挖掘出这些建议来，它们一定被好生保藏着，那位老爸的大管家还会根据类别在外面绑上各色缎带。

克鲁克香克与他的德国佬回到伦敦后，并没有等来女王或者大臣的封赏。反倒是近卫军的敏斯上校写信来，知会那天才，女王陛下已经把引擎当作礼物，不是赐予他，而是赏给全体国民。随后海军部傲慢地坚称，发明家有责任将上述机械装置运抵女王陛下的仆人指定的地点，虽然究竟该送去哪里，他们始终给不出个确切答案。

克鲁克香克先生似乎颇受打击，亨利·布兰德林写道，而如果这是实情，他继续落笔，那倒不无可能，在我有生之年，位于草地滚木球弄四十号的工厂的角落里，会一直堆着整整八吨金属。

亨利·布兰德林当然看不到我，可他期待能有一个读者。我，凯瑟琳·贾里格，就是那个读者。我在字里行间仔细查看，寻觅暗码与符号，盯着渐次模糊的下斜笔迹，直坠入一片晦涩、泡影、奇迹、机遇的汪洋大海，终于在昏暗与混沌中，出现了一条结结实实的证据，简直就是专为我而设的：席格彭在克勒肯威尔的工坊就开在我童年时的家——"贾里格父子钟表铺"——旁边的街角上。

凯瑟琳

那天夜里我洞开窗户睡觉，可并没等来清风畅爽，唯有这不速的世纪里温热、倦怠的空气。天蒙蒙亮时我做了个扑朔迷离的乱梦，梦见克鲁克香克的引擎又出现了，一股股金色的 DNA 正留待我配对、拧合。

早晨醒来，我发现枕头上有血渍，不过阿曼达的抓痕不算严重。不管怎么说，克罗夫蒂屡屡"放我一马"，我若非要解雇她，于情于理都讲不过去。得成熟点了。不能再盼着别人网开一面。我要把本子还回去，尽管我会坚持要求限制阅读权限。连克罗夫蒂也该明白，"可怖的神秘"的国度里再添个阿曼达，不见得有好处。到了这分上，我俩都不需要局外人来添乱。

其间我把那十个本子齐刷刷堆在厨房桌子上。顶上搁了张纸条，写给埃里克·克罗夫特。干吗要这么做我至今不太清楚，或许是冥冥中感到此行有去无回，虽然这是胡思乱想——我不过是要重游一趟草地滚木球弄罢了。毕竟我就是在街角附近出生的。

难道我相信席格彭的工坊还在草地滚木球弄？我怀揣着一幅异常清晰的图景：天高地阔，一路通向北安普敦路，那钢铁与黄铜的利维坦在肮脏的伦敦天空下闪闪发亮。

坐地铁过去相当方便。兰贝斯北，贝克街，法灵顿。为什么不呢？去去又何妨？我既然知晓童年的家已沦为一片成人影碟店，还能有事比这更糟？

正出门呢，我发现邻居家门前的人行道上泊着一辆陌生的轿车，生锈的车头下倾得厉害。"楼上的"当然又去游山玩水了；这辆惹眼的车曾经也是顶呱呱的，不过现在又颓又旧，灰一块白一块，踏板只剩一边，挡泥板都烂了。我隐约觉得看到一个人四脚朝天躺在后座上。死了，我心想。接着这人竟动了。还不如死了呢。随后我确定里面有两个人，动来动去的，像毛毯下的一对鼹鼠。

报警就太尴尬了，于是我给门上了双保险，沿着肯宁顿路匆匆而去。我想，我应该抄下车牌号的。

兰贝斯北站的外头，报纸的海报上写着：**恐慌之潮**。配了一幅墨西哥湾的彩照，中心区域是稠密的黑色，镶了一圈赭红色的边，大片大片的珊瑚蓝在四周围绕。

列车到站，推来了一面热气墙。我上车了。人们注意到我脸上的抓痕，投来一束束纯然英国式的目光，不沾一丝同情。我换乘中央线。我坐到法灵顿，结果建筑工人正拿它开膛剖肚——临时搭建了斜坡、通道和围栏，**恐慌之潮**一浪高似一浪。

出站，法灵顿路成了建筑工地。卡车、小面包车、轻型摩托来往穿梭，报纸纷飞，仿佛垃圾场上空的鸥鸟。

我大步向北，屏住呼吸。我右转进入草地滚木球弄，经过酒吧（名叫"保龄球手"），终于来到亨利·布兰德林的迷宫。我感觉屁股口袋里手机在振动，就是这儿了，草地滚木球弄四十号：**芬斯伯里商业中心**。这里当然是克勒肯威尔，不是什么芬斯伯里，可眼前的大厦岿然耸立，就建在桑佩尔一个世纪前拜访的地址上。

谁能料到我竟会被这样泼冷水？我反复叮嘱自己此事不可尽信，要始终保持理性的怀疑，搞得我都不知道自己有多想看到那台机器了。我想看到克鲁克香克和他的银淑女，可席格彭商号已历经轰炸、重建，乃至倾圮。我们继承下来是这个：一座巨大、乏味的战后所建高楼，一间间压抑的出租办公室填塞其中。

我从草地滚木球弄打电话给保卫处，问他们阿曼达今天早上有没有刷过卡。

她没有。

地铁又慢又臭。整整受了两个小时幽闭恐惧症的罪，我才赶到附楼。我发现一只硕大的高档信封，是给我的。阿曼达的字迹。

"亲爱的贾里格小姐，非常对不起。我很羞愧。您是这世上我最钦佩的人。"

我在信封里面找到了她为我画的那幅小像，整整齐齐从本子上裁了下来的。我的第一反应是，她知道我想要这个。我的第二反应是，她就在楼里。

我给埃里克发邮件说我"在家读"。

地铁比之前还惹人生气。我直到下午才回到兰贝斯北。那辆灰色的老爷车不见了。不过关门后我还是上了双保险。

我发现亨利的笔记本被人乱翻过了，厨房桌子上摊得东一本、西一本。本子旁边是那方块。乍看起来并无异样。随后我瞄见了木屑，便知道连那个她也没放过。电钻不好找，但我那聪明的助手偏有办法凿开个四分之一英寸的洞，透底打通了卡尔创造的奇迹。真多此一举。后悔我没有教她把方块搁手上掂一掂，便能知道它是实心橡木的。

凯瑟琳＆亨利

　　警局派来调查窃案的是个小伙子，他翻了一遍我床底下那团见不得人的毛毯。他问我能不能进花园瞧瞧，彬彬有礼。他提醒我哪些灌木应当掘除、修剪，"为你的安全起见"。我忘了告诉他花园不是我的。

　　走到门口，他递给我一张名片，叫我有事随时联系。他生就一张俊俏的年轻脸蛋，害羞的眼睛微微低垂，还戴着一枚小小的铜耳钉——末一项当然是我臆想出来的。他不看我，单指着正对我家门的那棵褐色的树——他说全伦敦共有十三株悬铃木是以美国宇航员命名的，这是其中之一，叫"尼尔·阿姆斯特朗"，他曾登上月球。

　　我谢过他。他又给了我一张名片。他一走，我就打点行装。

　　那天晚上我搬进了附楼旁一家酒吧的包间里。实在是个伤心而愚蠢的选择，不过那家啤酒厂自我上次来过后倒是翻建过了。再没有浓浓酒味扑鼻而来。

　　我挂起两件轻便衣服，打开包取出干酪块、刀、开瓶器和一瓶葡萄酒。吞咽，我心想，消化，排泄，周而复始。

我拿出笔记本，坐进冷酷无情的直背椅。我读。读得字字入心，完全不为酒吧间的喧闹所扰。反倒很享受——海尔格太太告诉过桑佩尔先生，客栈主人"是她老朋友"。

亨利记述道，桑佩尔说这压根不是实情。他反复说那老板娘是个老鸨、骗子和谎言家。她还是个天主教徒，桑佩尔强调这重身份，据说不是有意要贬低那信仰，而是想揭示，海尔格太太最近把那台奇异的机器人交给老板娘，只会让几乎每一个客栈的访客乘兴而来，败兴而归，桑佩尔告诉亨利，人人都怕极了天主教的地狱，看饱了天主教的酷刑，比如剖开殉道者的肚子，掏出肠子，当成棉线卷到线轴上。

据桑佩尔说，海尔格太太是位坚强的女性。他知道的内情比亨利多得多，这也是合情合理，"可哪怕是不问世事的您，也见过她挥舞镰刀干活"。她这辈子饱经沧桑，在桑佩尔看来，多数情况下都能明辨是非。一年又一年，今夏复明夏，她的直觉从不害她犯迷糊。"可布兰德林先生呵，听到你要中断我们的生活给养时，她当真害怕我们会挨饿受冻，情急之下才乱了方寸。"

"她偷了我最贵重的宝贝，"桑佩尔告诉亨利，"请别忙着点头。我不是说那是我最值钱的东西，全在于它比我任何一件创造都珍贵。她交由一个包装工卖给了本地人。"

其实桑佩尔一直是有心理准备的，保不齐哪天海尔格太太会偷了这台宝贵的机器人，可谁能料到她竟如此暴殄天物，没有卖去巴黎或者伦敦，好歹那些地方还能出个好价钱，而是卖给了那个臭名昭著的拉皮条的、骗当地钟表匠血汗钱的恶妇?

"布兰德林先生，亨利，我造那台机器人是为了我的天才主人。他原是个积极达观的人，可看到女王先是冷落他的诉请，继而将他的引擎赐予英国军队，他彻底消沉了。"

桑佩尔立誓要造出一台装置来讨主人欢心。他想让"亲爱的老小子"喜笑颜开。

"材料方面，"桑佩尔继续道，"我用的齿轮和机轮同英国钟表匠没啥两样，但我靠特制的轴承和锥齿轮提升了配置。解释了你也听不懂。机器人的外壳，是我在自制的木头模具上打了锡箔做的。我买了些红天鹅绒。三平方英尺。我做了个机轮驱动的小风箱。还装了条管子，急速的气流在里面盘转、改向、阻滞、释放，最后模仿出人类的笑声。亨利啊，"他大喊，"你的沃康松可没这么聪明哟!"

亨利注意到桑佩尔的舌头"白得像白切牛肚"。

桑佩尔说："我造这台机器人是为了天才，只为了他。那天我看到他坐在靠椅上，悲伤的眼睛茫然盯着踢脚板。忙活了那么久，我终于可以在他面前摆上——就是那儿——像这样——我的礼物。"

没错，那是个十八英寸高的耶稣基督偶人。是用锃亮的锡打造的,不过面部上了色。肩膀上披着一件罩袍。"我旋好发条钥匙,我的耶稣就踏着小轮子向前冲去了,先左转,再右转,然后停下。你觉得你能想见是吗亨利?可你能料到后来发生了什么吗?如是五次之后,一根隐藏的杆子卡住了一个齿轮,一发而动全身,耶稣展开了双臂。好笑极了。谁都看得出来——耶稣的圣光将照耀这间屋。可且慢。看呐——袍子掀开了,露出一颗硕大的红心,短促的气流一下接一下,套袍立马又合上了。心在跳动,硕大的红色圣心。亨利,真希望你能亲睹那个偶人,太妙了,它好像也对自己的表演很满意。它低下头看自己干的好事,又抬头仰望天空,仿佛在说,看呐——这场表演精彩吧?就这么着,他的头一上一下,他的两臂先张开,再合上,而随着那颗心脏有节奏地袒露又被遮挡,耶稣像只陀螺般旋转了起来。"

亲爱的主,宽恕我犹大一般的灵魂吧,亨利写道,因为我也笑了。

桑佩尔告诉我,这时候,天才哈哈大笑。这下他知道,他能够拯救他,从而拯救自己,未来他势将成就一番大业。

接着那神圣的人偶摇晃起来。噢天哪,出了什么事,耶稣竟失去平衡摔到了地上。那老人自然觉得这作品失败了,他跪在地上,让他从死里复活。

可就在此时,耶稣突然大笑起来,前俯后仰,桑佩尔告诉我,他辛苦造出"人子",等的就是这一刻。手臂一展开，身体便挺起了，它前后动着，圣心展露，然后，他的胸膛里发出一阵狂笑，勾了那老人的魂。

桑佩尔先生是撒旦，亨利写道。我害怕受他影响。可当他转过湿润的眼睛，向我报以略有些颤抖的笑容，映入我脑海的并不是恶魔，而是我妻子第一次怀抱爱丽丝时的脸庞。

他就是那样，桑佩尔告诉亨利，挽救了天才的命。他配制了一帖药，只要服得够勤快，便能治愈顽疾。

治愈，亨利强调。

内啡肽①，凯瑟琳心想。

桑佩尔一边忙活他的耶稣基督偶人，一边还生出了一个计划。他要把雇主的"溺亡子民名录"呈给维多利亚女王。这就算第二步了。说做就做。

"你以为我说见过阿尔伯特亲王是在骗人，可我的主人知道我的为人。老人家得知我的计划后毫不怀疑我的决心：要让女王了解那引擎的伟大作用，看到有多少她的子民可以获救。"

天才忧心桑佩尔，不是没道理的。听到"我的德国佬"曾三度出入白金汉宫，其中两次更是月夜造访，他放心不下。桑佩尔又给他看他做好的撑杆，有十节，装了金属套管。他画了张草图，标出在宫里的哪些地方，能面见到

---

① 从神经组织中提取的具有类似吗啡生理功能的肽类物质的总称。

女王。

"天才说，他们会把你逐出英国的，这已经是从轻发落了。"

对桑佩尔来说，没有什么比被迫离开克鲁克香克更糟了，可他不会向恐惧低头。使命"召唤"了他。他希望能够长期效劳。可坐在索霍广场十六号，他承认，这样的日子也许会短暂如蝴蝶的一生。

"那一瞬，"他说，"我看见了此生的意义。"

在酒吧楼上的房间，我，凯瑟琳·贾里格，醒了。约摸已是午夜，楼下的街道上正有人在争吵。

本来倒是可以看看我待的地方，可我已由着自己遁入了太虚幻境。

亨利写道。桑佩尔说道。他说："我见过不少英国的豪杰。得是他们那样的大人物才深知人类的渺小，因此愿意为在才智、能力上人类无法企及的生命形态效劳。他们是我的榜样。"

这德国佬已经嘲弄过我的上帝了，亨利写道，所以我冷冷地问他，这些"高等生命形态"都是谁。他没作答，反而描述起了他怎样用防水油布包好溺亡者名录，离开索霍广场前绑在了背上。关于那晚的道别，他只字未提。他向王宫进发，浑不觉大难即将临头。

谈及那次传说中的撑杆跳的内容，就这么多了。感谢上帝，亨利写道。他显然是发了愁，不知哪些话该相信。

读下去，二十行后，某些证据改变了亨利的看法。那证据十有八九是桑佩尔肚子上的星形伤疤，之前看到时，他着实恶心了一番。现在他似乎懂了，那是桑佩尔鲁莽翻越宫墙落下的伤，扎扎实实。

就算那钟表匠述说过他的剧痛与伤口，亨利也没在意。可如今他算是信了，那"骗子"非但设法进了宫，还截住了阿尔伯特亲王——不是在会客室或者书房里，而是在他灯下夜读的床头。胆子不小，亨利写道。他还加了一句，阻隔大众与亲王、女王的最大藩篱，就是在平民百姓的头脑中，一国之君犹如远在天边，任谁也万难企及。

亲王从书本上抬起头来，注视着桑佩尔站立的位置，不相信眼前会出现意料之外的东西。他看到的，应该是把塞满软垫的红色椅子吧。

他为了引起亲王注意，亨利记述道，实在是"使出了浑身解数"。谁能想象，身为萨克森-科堡-哥达家族的贵胄，他是什么感觉？他会不会以为遇上了小鬼撞门，来夺取他手里的书？面前这血淋淋的幽灵正在床上打开油布包，他觉得里面会装着什么？

那本溺亡者的名录显然太大了，得两个人协力展读。身旁躺了个重伤的陌生人，还非逼着殿下大声朗读每一页上粘贴的告示，亲王该是怕成什么样啊？

"他冷漠，一本正经，"桑佩尔说，"直到我们读到某次海难，淹死的乘客里有个他的熟人。他说那是他的小侄女。看到他潸然泪下，我自然以为他的悲伤，源于亲眷葬身海底。说实话，我颇有点高兴。我重燃希望，争取到他的支持，引擎就有救了。然而，结合后面的事再回头看，这胆小鬼更像是因为害怕才哭的。"

这时维多利亚女王披着睡衣出现在门口。正是听了亲王与她的短暂交谈，我才觉得他是给吓哭的。女王用德语问阿尔伯特亲王，与他共榻的是何许人也，虽然她的原话要难听多了。

"我们一直在说德语，"桑佩尔告诉亨利，"亲王当然知道我能听懂他妻子的话。他便用法语告诉她我要杀了他，听到这里，女王关上门走了。"

过了"长得不可思议的一段时间"，桑佩尔听到近卫军步伐严谨的奔跑声。他们故意把大理石地面踏得啪啪响，作势吓唬他。直到那时候，受了这般粗野的对待，他似乎才承认，计划失败了。

都到这步田地了，他看来依然没有灰心。他们传来了亲王的御医缝补他开豁的皮肉，还安排了宫里的一间房供他养伤，"除了窗上有栏杆，景致是真不错。"

当时桑佩尔还在纳闷，自己九死一生，举国上下会如何看待。后来他才知道，这又来个德国人夜闯白金汉宫，王室认为不宜公开。女王陛下之前已遭遇过两次袭击，先是个心怀不满的爱尔兰人，那日趁女王的御驾驶过宪法山，他举起填了火药的手枪行刺；后来是个发疯的前军官，他操着手杖追打女王，砸扁了她的帽子不说，还（亨利从她母亲那儿已有耳闻）把她的手臂和肩膀敲得青一块紫一块。

这两位仁兄都被送去了新南威尔士，可桑佩尔注定不是挖金矿的命。一开始他们好酒好菜伺候他，英式布丁愈发让他觉得前景光明，可一天清晨，两名士兵把他带上一辆密不透风的马车，押送他去了伦敦桥西边的某个码头。他被关进一艘德国渔船的禁闭舱里，他们将名录扔还给他，宣布他不准再踏上英国领土。直到那一刻，他才不得不接受，他已一无所有。

凯瑟琳

早上我把亨利残存的笔记本统统还到了朗兹广场，克罗夫蒂接过本子，春风化雨地朝我粲然一笑。"谢谢，"他说，"要不要来点茶？"

我松了一口气：他原谅我了。

"好啊，请来一杯吧。"我说。最后一册我想多留一天，他一定肯的。

我静等上茶，在椅子上转转悠悠，看着窗外的树。

"没牛奶了，"他说，"不介意吧？"

"再好不过，"我说道，他正把一套非常可爱的（难得设计得如此素雅）克拉丽斯·克里夫①杯碟放到我旁边的桌子上，"早饭喝的茶烂到家了。"

我干吗说这个？我该不会是要告诉他，昨晚是在一家酒吧楼上过的吧？看来我正有此意。我果真就实话实说了。

"看在上帝分上，为什么呢？"

"我想读完。"

"哪家酒吧？"他质问的眼神盯得我发窘。

"'玫瑰与皇冠'。"

"那个小年轻扎堆、沙发都放在酒吧间的地儿？在马路那边？"

我心想，他不可能知道，马修和我第一次睡就是挑的那儿，不过男人之间会互相交流最奇怪的事，所以没准他是知道的。我想抿两口茶，可那截三角形的装饰派艺术杯柄，漂亮归漂亮，却烫得握不上。

"我正努力把这些笔记本读完。事实上，还剩一本。"

我看得到他眼里的怜悯。我想，他会让我留着那一本的。

"放心吧，我不会把它们锁起来的，宝贝儿。你随时可以来读，这儿可比'玫瑰与皇冠'舒适多啦。"

"事实上，"我说，"我觉得最好还是设个权限。"

"你这么觉得，是吧？"他呵呵笑，感觉怒火直蹿。

"埃里克，我脸上的粉厚得快掉下来了，可伤痕还是遮不住，你觉得呢？"我没有告诉他阿曼达去过我家，虽然她绝对是去过的。

"你的意思是，我应该设个权限，不让你的助手也能读到。"

---

① 克拉丽斯·克里夫（Clarice Cliff, 1899—1972），英国制陶艺术家，作品的色彩总体而言比较艳丽。

"我怕她读了又要发作。"

我完全错看他了。他不相信我。

"亲爱的，当然不能把它们锁起来。这么做拿不出正当理由啊。你知道斯奈德小姐很自责。没错，她把博姿药妆店闹得鸡飞狗跳。那根本不是她的错。现在她药也吃了，没问题了。出了那样的事，她很羞愧。"

我心想，难不成她吃的是治"热情"的药？

"听我说，埃里克，你读过这些笔记本吗？"

放在其他时候，我会很喜欢他那顽皮的笑容。可现在只有害怕。

"一直在读呢。越往后越精彩。"说着他拿了我的笔记本飞快离开了房间。我跟上他，可他要去哪儿我是知道的。从今往后，我将不得不踏上同一段楼梯，爬到顶上，看干瘪瘪、神叨叨的小个子安妮·海勒的脸色，她向来不喜欢我，这下就更讨厌了。倾听亨利·布兰德林的权利，不再是我一人独享。要找他，我得登入，登出。

那杯正山小种还是太烫。实心的三角形杯柄让人无从下手。我最珍贵的，就要从指间滑落了。

2

安妮·海勒是个身材瘦小的母夜叉，完全称不上学者，一没技术专长，二没正规资质，除了——她掌管着扫描手稿的"大权"。我疑心她对克罗夫蒂格外好，因为他每次提起她高高的图书管理员办公桌后面那间空荡荡的维多利亚时代风格的会客室，总要称其为"相当舒适的地儿"。为什么不行呢？对他而言，准是的。哪怕是在严冬，哪怕静阒无声，哪怕我们同那仇恨的来源没有视觉接触，那股浓浓的恶意，唯有他能幸免。

安妮粗鲁得难以置信，蛮横得上了瘾。也只有在斯温本她还能保住工作。

我们都拼命巴结她，当然咯，越是巴结，她越是瞧不起。明知如此，一说到"布兰德林目录"，我还是只好对她谄笑。我夸她的发型很漂亮——吹牛也不打草稿。我恳请她开张表格，我想借克罗夫特先生刚拿给她的一份手稿。

她照例让我等了很久才作答。最后她说等给手稿编完目，"立时立刻"就给我。

我问她什么时候才能编完。

"噢，用不了多久——一两天吧。"

她抬起头来我就知道她在骗我。我一声不吭等着，终于她耗不下去了，只好看我。

"要不然我就在这儿读吧，坐阅览室里？"我问。这甚至算不得一个问题。我是高级管理员。

"恐怕先得给它们编目。"

“我不信克罗夫特先生会不想让我看到那些材料。”我说，这话逼得她转回电脑前啪啪敲起了键盘。她的工作想必难度不大，敲键盘的间歇还能一边同我说话。

“你跟我一样清楚，贾里格小姐，克罗夫特先生肯定不希望我违反规定。”

“或者你给他打个电话？”

这下她把键盘推到了一旁。头抬起来了。她扶了扶那副小巧的金丝边眼镜。

“贾里格小姐，不用问克罗夫特先生我也知道斯温本的规矩，再说了，手稿一经编目，照例就要扫描成像，到时你想看就可以在电脑上看。”

“这么说来我现在是无论如何都不能借一本来读咯？”

“贾里格小姐，你是不是觉得我太闲了？”

“就算目前有个募集资金的方案，照你的意思也得推迟？”

“没错，就是这样。”

“谢谢，海勒小姐。”

“你太客气啦，贾里格小姐。我想用不了一礼拜就能搞定。”

下楼时我脚步放得很轻，生怕弄出一点声响，随后坐上臭气熏天的巴士回到奥林匹亚。我的心绪坏透了，坏透了，气自己的不中用，气我失去了亨利，怨恨克罗夫蒂不肯帮我。当看到阿曼达安坐在我的工作室里，我似乎已全然泄了劲，直感到疲极了，乏极了。

"早上好啊阿曼达。"我说。

"贾里格小姐，我对不起您。"她说，可我不能当了真。我不想她盯着我。

"都过去了，"我说，"那只天鹅比我俩都重要。"

她跟安格斯鬼混过了。他给她买了衣服。她穿了件做皱的白衬衫，唯一的纽扣缝着鲜亮的红线。她俏极了，只有大美人才能把一身打褶的棉布衣裳穿出这个风致。她又给自己新鲜的肉体换了个伴，再看看我，干瘪、皱缩。

这时候我们已经在钢质工作台上装配了起来，玻璃棒都弄干净了，放在崭新的支承板上，管帽用新式的可逆黏胶加固。我们一旋好发条，玻璃棒就会缓缓转动。

轨道已经就位，等天亮，那些小鱼儿便可以装上去，就像给耳垂戴上耳环一样，不费吹灰之力。

我们离截止的日子还有一个来月，不过眼下要为阔佬们做一次带妆彩排。一等脖子镀好银环，一等鹅嘴就位，我们就会演练一下，然后克罗夫蒂便能向他的赞助人展示这旷世奇观了。他当然早就清楚，自己得着了什么样的宝物。即便尚未修复，他也已经预见到那天鹅能催人入睡、摄人心魄。我敢肯定，此番他动足脑筋下的赌注，牵涉进了太多我根本不可能知道的内容。

[267]

那天鹅真的能吸引到足够多的民众，让部里满意吗？程序会议的记录似乎暗示了这一立场，不过你也可以说得更直接点——天鹅是朗兹广场的官僚们向托利党政府献媚的工具。他们明白自己有义务"更讨大众喜欢"。

不管怎样吧，我和我的对头忙活了一天又一天。只要我们的谈话限于手头的工作，我就不怕她再来打我。

可我忘不了她曾野蛮、愚昧地毁坏了卡尔的蓝色方块，每念及此，我就继续去当"玫瑰与皇冠"的常客了。后果是可以想见的：信用卡快不够刷了，干净衣服也要穿完了。

一天早上我走进工作室，发现阿曼达已经坐在电脑前了。要不是她急忙合上显示屏，我也不会多心。几分钟后，天赐良机，保安处打电话来说有我们的包裹——迪尼玛长链合成纤维，是我买来代替钢缆的。我支阿曼达去取，她一出房门，我就打开了她的浏览记录。

她刚在谷歌上查富特旺根。她准是从我家里的笔记本上看来的。看了多少姑且不论。我又恼又怕。我的皮肤变得像皮革一样冰冷、坚硬。

待那个间谍回屋把包裹放在我桌上，我的世界已恍惚如梦。我拿起那把涂了一小点指甲油的解剖刀。阿曼达站得很近，祖马龙水暗香盈盈，今天穿了一身黑，纽扣是彩绘的。

正要拆包裹的内封皮，我停下来转向了她，有意不收起手里的解剖刀。她退后了，恰如我所愿。

"阿曼达，我检查过你电脑上的历史记录了。"

"我没在看视频。"

"你在谷歌上搜富特旺根。为什么？"

她脸上露出那种让人来气的表情，放到嘴里就是一声"哦"。她说："这不明摆着嘛，我想知道那地方在哪儿。"

我随意地把手搁在台子上，不过金属刀柄还是握得紧紧的。"为什么？"

"我想，从前那边的人制造布谷鸟自鸣钟。"

"你为什么对布谷鸟自鸣钟感起兴趣来？"

她要是再想挠我，现在就该动手了。拿解剖刀实在是愚蠢之举。我很想把刀放下，现在来不及了，可我连放下刀也不敢。我看到她在流泪。我松了一口气。

"贾里格小姐，真的对不起。"

我不敢给她好脸色。"有什么可对不起的，阿曼达？"

"我知道笔记本的事儿。"

"什么笔记本？"

"亨利·布兰德林。"

"你是说你看过了？你怎么看到的？"

"我去找了海勒小姐。七点前她一直在的。"

直到第二天我才见到海勒小姐和埃里克·克罗夫特，而我颇为惊讶地发现，阿曼达竟没撒谎。虽然我因此获准随时可以进入阅览室，海勒并没有向我道歉。

"别人对我好，贾里格小姐，我总是对人也非常好的。别人蛮不讲理又好管闲事，那我肯定要按规章办。"

我坐在她办公桌后面十英尺的地方，读着亨利·布兰德林。

亨利

　　富特旺根的天气变得异常寒冷，冻苦了我们这些住客不说，连河畔破旧的锯木厂也同样受罪——石板开裂，钉子自己就脱榫了，整座呆蠢的建筑仿佛在峡谷峭壁间刮起的凛冽北风中瑟瑟发抖。海尔格太太在她家和客栈（估计是客栈）之间跑来跑去，驱使她的，不像是台钟表装置，而像是个绷紧的弹簧，锁得死死的，没有丝毫改变的余地。每趟回家都一样，她会仔仔细细收拾行李箱，把她的破烂衣服当成舞会礼服一样叠好。然后——桑佩尔呢，则像个海关执法人员（正撞在他气头上）一样开箱取出衣服，一次比一次粗暴。她跑去客栈。她跑回来。她哭了。

　　桑佩尔先生眼睛肿了，究竟怎么会弄成这样，我一无所知。

　　海尔格太太还在跟客栈老板娘讨价还价。是不是事关那只天鹅？我不知道。她同桑佩尔的谈话我听得清清楚楚。经过通向工坊的坡道的传送，他们的声音变响了。

　　"她处处为我着想，"她说，"她会卖个好价钱的。"

"她是个老鸨。"桑佩尔说。

我寻思道，她是不是打算筹钱投入到天鹅身上？

她用德语朝他大吼大叫，用拳头砸墙、砸门、砸地板，或者还砸了别的什么，我没听出来。说不定她正趴倒在他脚跟前。

"你自由了。"即便窗框里的玻璃咔咔作响，我也能听到他的声音。他说："像大海中的鱼儿一样自由。"他说她随时可以离开，她既了解他的人品，他保证天鹅一造出来，就把卡尔送回卡尔斯鲁厄。

随后传来她惊恐的嚎哭，叽里呱啦一阵德语。天知道是什么意思。

他说那匹新的役马不是给她用的。她坐马车回去，路费他给。

阿诺随时可以把天鹅嘴造出来。那个老鸨会付他钱吗？还是他已经拿到钱了？我脑海中浮现出他的身影，茕茕然站在森林中，披着黑斗篷，半是鸟来半是人。见了那只天鹅嘴，哪个孩子不怕？

就在那间名曰"夏日"、实则冷得要命的工坊里，他们把那台我等不及要看到成品的巨大机器人放在一架重型马车上组装。我付不出钱来。车轮很是碍事，可桑佩尔和那男孩忙个不停。

我要得到我的天鹅。我要带他回家。他们会把那匹役马倒着牵上低矮的坡道。由此出发，马车将会载着我的机器驶入朗朗乾坤，仿若赞美诗队列中的圣徒。

桑佩尔不断地叫柔软、丰满的海尔格太太"傻女人"。

一次又一次，海尔格太太坚称她别无选择，因为"布兰德林先生没尽到责任"。

又没人问我要过一分钱。

桑佩尔呢，一次又一次地说：她是"咎由自取"，谁叫她让天主教徒看到了他的"机密事务"。

我现在怀疑他眼睛上的乌青跟那机器人有关。他们在浪费佩西的时间。他们先是在河上的作坊吵，后来又去了我耳力难及的夏日工坊。到了晚餐桌旁冲突仍在继续，闹腾了一夜，峡谷里回声阵阵，像湿气，追得人无处可逃，像河流，没有间断的时候。我敢说，我们都很害怕。

我每分钟都在想我的英国男孩。两个大人争吵，却丝毫不回避那德国男孩，我有时会怀疑——因为哪怕最污秽不堪的字眼，他俩都一直在用英语说——他们争执不休，其实是在演"潘趣和朱迪"①，为了欺骗我或者责怪我，让我晓得自己给他们带去了多大的伤害。可我能怎么办？我弟弟买了俄亥俄银行的公债。

_____

① 英国传统滑稽木偶剧《潘趣和朱迪》中的人物，朱迪为潘趣的妻子。

[273]

“他还是个孩子。”海尔格太太说道。说的是卡尔。

他不是一般的孩子——他专注的黑眼睛从他深爱的那个人瞟向他崇敬的那个人。对他受到的伤害，我真的担不起责任。

他母亲舀出土豆泥，动作虽野蛮得很，不过撒上盐涂上黄油，这顿饭真叫个美味绝伦。她怒气冲天地端上来——啪嗒！——她的鼻孔激动地一收。滚烫的热菜犹如刀片，泼在她的小臂上。

“我需要卡尔帮忙才能完工。”桑佩尔说。我心想，钱要从哪儿来？小男孩的脸唰地红了。明亮的大眼睛，小麦色头发，他活像我们村教堂里的一名唱诗班男童。

那壮汉的饿永远填不饱，那壮汉的渴永远解不了。他喝，他吃，他就是法律。“等那男孩完成了这边的任务，他就会回到机轮之城，做他生来该做的事。”

到客栈的第一天，我怎么就没看出来他这人不对头呢？想想，卡尔斯鲁厄的地图，那骑着德莱斯的男爵。这时海尔格太太说他脑子有病，她恨他，可夜里我听见他俩在扭打，互相撕扯时像两头野兽，喷鼻息、喘气时又像一对罪犯。没什么不敢承认的——我的灵魂更不值钱。

早上桑佩尔把我摇醒了。他刮了胡子，脸光滑得像块岩石，隐隐泛着光。他的眼眸是溪流底的卵石。

一天的工作开始前，他想先让我知道，如今的这一切正与克鲁克香克预见的一模一样。

他把手放上我的脸颊。这种人，谁不避他三尺远？他重复道，克鲁克香克预言了我会来德国并在桑佩尔的生命中扮演一定角色。我睡眼惺忪，他却十足清醒，眼波里没有丝毫的怀疑。

又是谎话一篇。他说的每件事我都原封不动记下来了——自他那个雨夜出发去白金汉宫之后，他就再没见过克鲁克香克。当时的谈话中根本就没我这个人。怎么可能有呢？然后他被驱逐出境了，最终回到了富特旺根。他把溺亡者的名录寄还给了他的旧主。回音是那台亵渎神明的机器人，附带一张"可爱的便条"，意思说如今桑佩尔或许比克鲁克香克更需要笑声。

要是这里头真有什么"预言"，我早该注意到了，其他征兆没一个逃过我的眼的。

可桑佩尔，打一从头，就跟条莱茵河里的鱼似的滑溜。"我不能把发生的每件事都告诉你，"他打开遮板，抬起窗玻璃，放呼啸的寒风进屋，"不，我不是在说他给我**写**了什么，而是他对我**讲**了什么。下面的话你得竖起耳朵听好。我向白金汉宫出发之时，天才已经预见了我未来的命运。我想象我要拯救那引擎，可他是知道真相的。我同他握手作别的那一刻，他说别绝望，会再来一个英国人的。直到后来我才回想起他的话。也许我会失去他，但会

[275]

再来一个英国人的。"

我起身背转身对着窗口，好挡一挡暴风雨。他逼近我，眼睛紧紧贴上来，目光坚定不移。

他说："你还记不记得当初我怎样在贝克太太的客栈里等着你？你尚且蒙在鼓里，可我已经拿到你那些愚蠢的图纸了。"

"桑佩尔先生，"我说，"这讲不通。克鲁克香克先生从未听说过我，他也不可能知道我的境况，我妻子的脾性，我儿子的病，那些整天价来我家里作乐的艺术家。用他自己的话来说，克鲁克香克掌握的资料不充足。"

"亨利，你一点儿都不了解那颗伟大头脑的所思所想。你又怎么能胡乱断言呢？"

我比他高两英寸，可面对着那双乌黑的眼眸，我却顿时变作了一头哭泣的猎物。我祈求他会很快放了我。

明摆着，海尔格太太已经让村民们看到了大笑的耶稣。她会卖了它是得怪我，可卖得的钱够不够实现我的目标？没错，我是看到海尔格太太在马厩里数钱。我看到了她白玉无瑕的手臂。有次在梦里，我好像吻了她。很久以前。

我赤条条地在小河边洗澡，摇摇晃晃，踩着剃刀般锋利的页岩，脚趾都有可能被削掉。当桑佩尔的手搭上我的肩膀，我吓得跳了起来。生殖器猛一皱缩，仿佛汤锅里的肫肝。他系着皮围裙，手里拿着天鹅嘴，不过当时我还没注意到。

他说："那样的杰作你永远也想不出来，但你要为它扛起责任。"

"我只想要一只鸭子。"

"你来到世上为的不是区区一只鸭子。你来到世上，是为了把一个'奇迹'带给全人类。"

说完他转过身，离开了一丝不挂的我。

那天晚上那当母亲的把土豆泥扔过了房间。"你没有权利偷走我的儿子。"这还不算完，每一幕都令人痛苦，尤其是看到那"圣童"绞着双手，他细长、多疣、苍白的手指。在台灯的映照下，他的下巴显得很长，膝盖高高的，扭结的手指仿佛一窝小鳗鱼。

"目前为止我没动过这孩子一根毫毛，"桑佩尔说，"他是个天才。"

"你不准伤害他。"她说道。然而她肯定知道她在客栈里闹出了多危险的状况——那儿的人可能已经目睹了耶稣翻滚过地面，还哈哈大笑，"他只是个小男孩而已。"

"他是个天才。"桑佩尔重复道。"喏，"他说，"读一下这个。"从围裙的口袋里他拿出了那只乌木天鹅嘴，在它底部的墨黑木头上，我看到嵌着一行银色的铭文。

"我不识字，"她向后退避，"你明明知道。"

于是他把那东西戳到我面前。

[277]

那双骇人的眼睛盯着我，等待我弄明白那句话的意思。

我是个笨蛋，我心想，一个彻头彻尾的蠢货。

"确实，"我说，"一点不错。"

凯瑟琳

七点钟，安妮·海勒把我赶了出去；还有最后几页没读。我迈下逼仄的丹麦式楼梯，日落时分，遍地金黄。门外一股暖风，漫卷起七零八落的传单。

我赶到附楼的工作室时，离锁门就差五分钟。在一只我们所说的"宜家箱子"里，那只天鹅嘴正静静等着我，周遭一堆多余的螺丝和垫圈，都是重新组装过程中最派不上用场的东西。我为什么如此随便地把它扔在那儿？这你得去问精神病医生。我甚至没有给它编号。阿诺先生的杰作跟我上次看到它时一模一样，黑得不能再黑，底下垫着棉絮，装在一只小纸板箱里，盖子上有记号笔写的一个"嘴"字。

同亨利的记述恰恰相反，天鹅嘴上并没有写着什么。这令我心乱如麻、坐立难安，仿佛是受了恋人的欺骗。其实事情明摆着，而我方才反应过来：那句话阿诺是用白银镶上去的，如今早就氧化了，所以跟底色一样，也成了黑的。我本可以把这奥秘拿到窗口去看。我本可以用搜索灯来照，可现在正值关门时间，我又是焦躁又是害怕被别人抓个现行。于是我用舒洁纸巾包好天鹅嘴，找了只信封往里一塞，飞也似的离开了大楼，就好像要去参加什么隆重而梦幻的盛典，快赶不及了。

那是个非常奇怪的夜晚，热得过分，强劲、干燥的风起了，说明白金汉郡已成沙漠。奥林匹亚的情形同朗兹广场一样，随处可见飘舞的纸页，一份《旗帜晚报》下流地"啪"一下裹上一根电线杆。**美国的乱象与我们无关。**倒着看清标题也很容易。

小路上有家偏僻的、散发着氨水味的小药房，我已经在那儿买了除臭剂和洗发剂。没有收银员，也没有女店员，只有一位头发灰白、略微驼背的小个子药剂师，正重感冒着呢。硬纸板箱、电扇和卫生护垫堆得乱七八糟，他花了好一会儿才找到棉签和甲基化酒精。

"不用袋子。"我道，说完便要抓了东西走。可显然还得开收据。看到老头钉牢那张黄色的复写纸，我想起了父亲——为客人换完电池，便上楼喝上两口。

最后我走回了街上，"玫瑰与皇冠"就在前头，占据着道路整修过的一角：蓝色的瓷砖，亮绿色的遮阳伞，门口还出人意料地聚了一群人在喝酒——英国人特有的肤色，被太阳晒掉了半条命。

有几个人注意到我了，还算问题不大。我的意思是，人总不希望异性对自己视若无睹吧。不过另一方面，我总觉得

那帮嗷嗷乱叫的家伙下流透了。那种声音一路跟着我上了
"住处"的楼。

我打开房间的窗户，在窗台上做好准备——那宽度放酒
精瓶绰绰有余。我取出棉签搁在一张纸巾上。我把天鹅嘴放
在棉签旁边。剩下的工作基本不用动脑子了。不到三分钟，
酒精就让天鹅嘴底部镶嵌的银字显形了。

这下我知道亨利为什么叫自己"笨蛋"了。

面对着 *Illud aspicis non vides*，我也是个笨蛋。

我坐在滑溜溜的合成纤维的被褥上，不知道我能找谁帮
忙翻译。墙上挂了几幅只有旅馆里才能见到的粉色和浅蓝色
画片，我盯着它们，那时我才明白，我压根没有朋友。

多少年来，我沉浸在慵懒、自满、快乐的二人世界里，
周遭的一切尽是美好；说着我俩专属的语言，相看两不厌，
眼里再容不得局外的任何人。我认识的人当然很多，也会习
惯性地对不少人好，可马修一死我就大门紧锁了。我突然变
成了老处女一个。我的父母都去世了。我妹妹再也不愿同我
说话。

Illud aspicis non vides。

当别人情妇当了这么些年，我也曾幻想过孑然一人蜗在
家的场景，可从未像现在这样，感觉嗓子眼里的孤独沉得跟
石块似的。如今没有谁可以找了，除了那个好心被我当成驴
肝肺的"他"。

克罗夫蒂接起电话时我听到有音乐声，相当深奥的曲子，我心里嘀咕，我是说——本人没这个修养。

"对不起。"我对电话那头说道，但当然，其实我是松了一大口气。

"别挂。"

音乐声小了。等了半天他才回来。

"打扰你了。对不起。"

"亲爱的，"他说，"没什么打扰的。"我想起他曾经也是有爱人的。

从打开的窗户里，我看到两个男的扶着一个烂醉的年轻姑娘，可怜的小东西走也走不稳，傻气的鞋子，丰满的腿，短衬衫。耶稣帮帮她。我看不下去了。

"你在哪儿呢？不会还在那该死的酒吧吧？"

"他们管这儿叫'快乐时光'。"

电话里停顿了片刻。克罗夫蒂说："要不要我来陪你坐坐？"

那会令我宽心许多。不过我当然不能让他来。

"你拉丁语什么水平？"我问道。

"早荒废了。"

"但没准儿还能用用？"

"有可能吧。"

"这句话什么意思：*Illud aspicis non vides*？"

"天鹅嘴在哪里？"他问道。我听出来他有点醉了。

"你知道它在哪儿，"我说，"我真没想到你会没读过这句话。"

"亲爱的，你知道吗，"他说，这次我清楚听见他在往杯子里倒酒，"你知道吗，我发现非要把谜给解开的想法很成问题。懂我的意思吗？每个馆长到头来都会明白，谜才是关键所在。"

"别打诨。"

"不，我是认真的。我们为何总要把含糊赶尽杀绝呢？"

我心想，你为何总想把银子擦亮，擦掉它半条命呢？

"不带丝毫含糊，那是阿加莎·克里斯蒂，她将犯罪小说提升成了艺术品。不过看看罗思科的任何一幅画吧。你可以一遍一遍看，却始终无法摆脱其色彩、形状、平面的摇摆不定与含糊不清。这可比你的约瑟夫·亚伯斯①前卫多啦。亚伯斯的笔法倒是清晰，'条分缕析的清晰'。"

"他不是我的亚伯斯。"

"他曾是马修的亚伯斯。"

"他曾是，没错。"

又是一阵停顿。

---

① 约瑟夫·亚伯斯(Joseph Albers, 1888—1976)，生于德国的美国艺术家、教育家，对色彩教学贡献良多。

"这是我的项目，"我说道，"你把它给我的。"

"我是给你了。但愿我没有太多管闲事吧？"

"埃里克，我为之而活的一切都没有了。我给了我这个。它如果真是个谜，我也认了。但是你给我的。"

"是的，亲爱的丫头，是我给你的。"

"那为什么又要把它给那小妞？"我本不想说这个的，但我就是说了。天鹅是我的。亨利是我的。

埃里克抿了一口。"你什么意思？"他醉醺醺地问道。

"这是我的。"

"可不是嘛，"他说，"但'它'到底指的是什么？"

"那行拉丁语。"

"就是说你想知道怎么翻译？"

"没错。"

"你想知道那是什么意思？"

"是。"

"*Illud aspicis non vides*。意思是，你看不到你能看到的东西。"

"噢闭嘴吧。"我大叫。

"就是这个意思，你看不到你能看到的东西。"

"不，"我说，"不是这意思。"

"我的好猫咪，"他说，"随时打我电话。"

电话断了。

我的骨髓里满满都是伤痛、嫉妒、愤怒，我恨那个精神错乱的富家女偷走了我的一切，连安格斯也不放过。那让我爱人生就那样一片上嘴唇的螺旋"装置"，还有他大名鼎鼎的鼻子的阴影下，那股扭曲、滑稽、紧绷的肌肉，安格斯就像一个模子里刻出来的。

　　你看不到你能看到的东西，桑佩尔说。这叫什么鬼话啊。

2

　　刚醒来时，我没意识到这震天巨响竟会是雨声。可真的是雨，水流湍急得简直不可想象，从屋顶上倾泻而下，映着晨光，浑似维多利亚瀑布，深邃、湛蓝。

　　我已经叫埃里克闭嘴了。

　　有什么东西在猛敲外面的墙。飓风来了？我该不该躲进浴室？

　　我看到一把梯子的斜影，摇曳几下，"砰"地撞在墙上。我唯恐他们会砸碎玻璃窗，家里没拖鞋，我的脚非破了不可。这时出现了一个穿短裤的大胖子，是白人，迎着雨水往上爬，肉团团的身子伏在我的窗玻璃上。我看见他的肚脐，他黑色的汗毛，仿佛眼前的是潜意识中的某种生物，正撕扯着穿透梦境的薄膜。透过雨声，我能听见雷鸣。我坐起身，扯过被单抱在胸前。

大雨滂沱。我暗叹，我真是森罗殿里的孤魂野鬼一个；世上所有人里，埃里克·克罗夫特最善良、最宽容，他让步，明明并不理亏，他付出，从来不求感谢。

闭嘴，我却对他说。

万物终将湮灭，世界难逃宿命。梯子好像从屋顶上滑脱了。暴雨倾注不止。人们喊叫着。我能做的事，件件都是荒诞可笑。

这时大街上有黄灯闪烁。又一架梯子搭起了。穿着亮蓝色雨衣的人爬过我的窗户。在伦敦，谁会穿亮蓝色雨衣呢？灾难已留下斑斑伤痕，我还蒙在鼓里。

两点钟，我独自伫立窗前，看着空荡荡、雨水泛滥的街。第二天早上我单肩背起一只装衣物的轻便、柔软的包，腋下挟着手提包，出门了。我的衣服早就脏了，要说我选了件白色亚麻布衬衫穿，那只是因为知道等走上工作台我就能用双氧水除掉汗渍。

行至酒吧门外，我的嗅觉经受了更大考验。地表水汩汩冲刷着路面。地下室都淹了。街上的阴沟直冒泡，淌出臭气熏天的恶水。

那位老药剂师门没关，我瞥见了他的身影，站在又高又险的梯子上。他往街上扔了几只浸湿的纸板箱，虽然像昨天一样，洒过氨水了，二氧化硫还是升腾着，令我不禁想起腐尸散发出的气味浓烈的硫黄化合物。我想到细菌、真菌、原生动物，想到我们死去时，人体如何自我侵蚀。我不喜欢这幅图景，一点也不。我更愿意把我们想得干燥、松脆，永远不会化作结着湿漉漉油脂的一摊腐肉。

保安检查了一番我的脏衣服，狗娘养的。随后，我走到通风橱里脱掉了衬衫，给它涂上双氧水，再用电吹风吹干。完工。要说干净，倒不见得。

阿曼达没有注销。她那台 Mac 的硕大屏幕上，满是喷涌溢出的油和一串串抗议的弹幕文字。他们是孩子还是大人？Dessgirl, Mankind40, Miss Katz, Ardiva, Clozaril①——这谁能知道呢？读他们的评论就相当于活在一个大笑话里。这就是阿曼达的地下世界吗？

Clozaril 写道，是谁造了这杀害海洋的机器？想为谁带来好处呢？反正肯定不是人类。Ardiva 确信泄漏的油着火了。Sheread2 猜测有座火山爆发了。很多事瞒着我们，她写道。Mankind40 认为我们应该往那儿丢个核弹拉倒。往下，底端的对话框里，那帮短命鬼还在叽叽喳喳。我不知道他们已经感染到我了。我甚至不知道，两股咸咸的水流正淌过我的脸颊，可当阿曼达的手臂圈住我，从身后将我紧抱，我发自内心地哭了起来。没什么可掩饰的了。

---

① 上述都是网名。

"贾里格小姐，对不起。"

我接过她递来的洁白手绢。我擤了擤鼻涕，走到电脑前，为这繁忙的一天下达工作指令。

3

当然，公关部的人一直"心心念念"我的计划，我不断的延宕与推迟都快把他们逼疯了。是啊，网站他们肯定已经准备就绪了，可他们也是博物馆的人，势必知道，完工所需的时间总归要比人预计的长，或者，说得更实在点，要比公关部预料的长。

最后我们商定分两阶段发布天鹅，一阶段公开，另一阶段相对保密。在给那些"财神爷和官大人"——借用埃里克对他们的古怪称呼——过目之前，不必修复得毫厘不差。

我在他们的要求下同公关主管和臭脾气的网站经理签署了一份"完工日期保证书"，可当那天真来到时，根本就不能保证。后来，在约定的日子的早上，眼看天鹅的表演已经结束，音乐盒竟愣是停不下来。

"这要紧吗，亲爱的？得好好想想啊。"

都没完完整整地排练过，它能有这样的表现，我俩做梦都想不到。

"我们会弄好的，"我告诉埃里克，"跟你说一下，就是以防万一。"

"以防万一什么？"

"半个小时就弄好。"

九十五分钟后，我打电话回去说做好了。我害埃里克没必要地紧张了一番，不过他没异议也没怨言。他问今天能不能真的完成——不是为完成而完成。如果不行我就直说，他会取消，但显然那样他是很难接受的。

"别取消。"

"亲爱的，你确定？"

"是的，真的别。"

"如果你来不及，我去跟公关部交涉。"

到三点半的时候，每个人都能看到我的估计是正确的——我们把一手创造的作品放在一辆灰色的钢质大推车上，必要时可以转动。那装置还是敞着没盖拢。反光镜在上方就位了，玻璃棒、镶着银叶片的颈环、银身体，还有那根铰接的脖子，银环锁扣其上，匀整、牢固、锃亮锃亮。

四点钟，我那可怜的老好人在朗兹广场再也待不住了。他找上门来，脚蹬绉呢底的鞋，脸刮得光洁透顶，泛着潘海利根水的晶光，一套紧身细条纹衣服，俨然贝克曼画里的人物。事实上，这身行头令人猜不透他是正是邪，你遇到他就好比遇到的是贝克曼笔下的人，模糊难辨。

"没有嘴？"他仔细看看发条装置，盯着插了销子的乐鼓目不转睛。

"你是不是觉得我们应该把发条装置包起来？"

"不，不。这样比较好。"但看得出来他很紧张。

"我可以叫哈罗德造一个胶合板箱子。我们还有俩小时呢。"

他瞪着我。估计他正在考虑。我后悔提了这建议。

"天鹅嘴在哪里，凯瑟琳？"

要搁在上个礼拜，听到这个我准火了。今天我则微微一笑。"甭操心天鹅嘴啦，看看它怎么动的。"

阿曼达今天穿了件古怪的白色实验服。她的金发往后一梳，还戴了副眼镜，散发着绝佳的条顿人气质。

"斯奈德小姐，"我说，"麻烦你给机器上下发条吧？"

"是，贾里格小姐。"

历经百般波折，我俩如今处得很好。

"你真的有天鹅嘴吗？"埃里克问道。

"等等。"我抓住他的手臂，"看呐。"

他当然会喜欢得不得了。他那双阅唱机无数的眼睛已经眯起来了。

我才是管理员，可我赋予了我的助手特权：给机器上发条，开始我们的首次正式演练。我一点头，她便松开插销。那根脖子做起它第一组相当复杂的连贯动作，伴着它怪异地扭来扭去捕食猎物，勃拉姆斯的旋律徐徐奏响。

"停。"

"别，"埃里克大喊，"别，别，凯瑟琳，让它继续。"

"你看到那个了吗？"我问阿曼达，不过那唱机专家当然也看到了。

"在做第一组连贯动作时，是的。"

我们又让脖子重做了一遍，毫无疑问，在做那套动作时，它可恨地抖动了。颈环装上之前，不知怎的这问题没有显现出来，本来它准会柔软、流畅得叫人毛骨悚然，这下效果全给毁了。

"我们有时间。"我说。

"不，"埃里克说，"别管这该死的东西了。"

他觉得这是在冒险，可他错了。

宴会承办人和公关一道来了。我差阿曼达去对付他们。埃里克抓住我的手臂。"别这样惩罚我啊。"

"你知道，无非是博物馆里的蜡老化了。不会有问题的。"

"你可不能把那些该死的颈环卸掉啊。"

"正有此意。"

埃里克从旁看了片刻，随后走了。

阿曼达状态好极了，也可能是她的药疗效好极了。她回到我身旁，我们一起拆掉了那些颈环。我很为我们俩骄傲，这双人舞蹈艺术。

大概花了三十分钟才清干净了上面的蜡，在这一长段寂静中，我听到埃里克同一位公关气呼呼地交谈着。那个科尔曼·盖蒂公关公司的男孩怪怪的，头发像羽毛似的高高竖起。

整整二十八分钟后，我们做完了，我突然发现埃里克在看我。

"好了，装天鹅嘴。"

"好啊。"他说道，不带一丝兴奋。

我从门背后的挂钩上拿下我小偷的行囊。当着他们的面，我掏出天鹅嘴，扯掉舒洁纸巾，用两颗阿曼达放在我干燥手心里的惠氏螺丝钉，将它钉上那不死不活的东西的残躯。

下午五点五十五分，大功告成，我去洗手。直到我回来埃里克才说漏了嘴，其实公关部半个小时前叫停了这项任务。

开胃饼味道不错。一瓶凯歌香槟已经开了，我们只好硬着头皮为成功干杯。

4

那天终于来了。晨光透过百叶窗漏进来，经过对面墙的反射，映出一室流辉，裹着极浅极浅的金色。我们的作品仿佛成了天底下头号的珍宝。我们用一块麦斯林纱布盖好它，祈祷日光可以驻留得久一点。

八点半，"财神爷和官大人"开始陆续到达揭幕现场，兴许是为了向保守党的生意头脑致敬吧，大家一个不落，齐聚恭候油头粉面的艺术部长在八点三刻准时驾临。

埃里克兴高采烈，魅力四射，出口即是学问，像在泼洒圣水。他片刻不犹豫，抛下私人间的交谈，投入到人群中滔滔不绝起来。他恰如那只天鹅，稍作停顿观察着猎物。那帮面颊光洁的伊顿公学毕业生，在他面前，都变成了穿着唱诗班教服的小姑娘。

克罗夫特没有公开表彰我的工作，我虽失望却并不意外。等轮到我给机器上发条时，这群人准会当我是哪个智力问答节目的女主持呢。

克罗夫蒂转向部长，看到他接过那大人物的杯碟放下，我着实吃了一惊。接着，他朝天鹅打了个手势，说道："还是希望您能赏光，阁下。"

他凭什么借花献佛啊。只有管理员才有权触碰或者"发动"这东西。

手里拿着曲柄，部长一脸的无用和困惑。与此同时，埃里克大手一挥，揭开了垂幕，引来一片啧啧称奇，这正是我们日夜渴望的。

天鹅是宙斯。银叶子的边缘在那抹晨光中蔚为壮观。

部长握着曲柄走近了。

我心想，亲爱的上帝啊，他不知道曲柄该往哪儿插，然后我恍然大悟——我可是在跟克罗夫蒂打交道啊，这一切早就布置、安排好了。部长并不生气。他高兴着呢。安上曲柄前，他先得装模作样一番。"大人。"他开玩笑说，在场的人纷纷大笑，竟有点过头了。他对克罗夫蒂说道："要转几圈？"

"三圈。"埃里克回答。

这数字毫无意义。都是他一手策划的。

那个伊顿的男学生毫不费力地给机器上了发条，此时我能闻到矿物油淡淡的香甜味儿。他拔出曲柄，玻璃棒就转动了，反射的光线照耀其上。他朝整屋的人笑笑，可我们看他干吗？勃拉姆斯奏响，贵人们都着迷了。亨利，你的银天鹅多漂亮多冷血，你看它把头向左转，望望部长，又向右转，瞧瞧那《卫报》来的家伙，随后站定了整理、清洗起背后的羽毛来。没人动也没人说话。每一个怪诞的动作都如活物般流畅，像蛇，像鳗，当然最像的还是天鹅。我们站着，心中充满敬畏，不管我们在这天鹅身上曾耗去几百个钟头，它却从未，一刻也没有，驯服过；它神秘、柔软、轻巧、敏捷、弯曲、盘绕、优雅。当它扭过脖子盯着你的眼睛，它自己的眸子始终是乌黑乌黑，直至太阳照射到那两块黑色的木头，顷刻，它们放出熠熠光彩。它没有触感。它没有脑子。它像上帝，光芒万丈。

　　鱼在"嬉戏"。天鹅弯曲它蛇一样的脖子，随后猛地扎下去，人人都屏住了呼吸。

亨利 & 凯瑟琳

佩西，佩西，最后一页开始了。

佩西，完工了，装在一辆大车上，我们国家的人呢，管这种车叫板车。是个粗糙、滞重的平台。旁边拴着个没有盖子的方块，方块里面是艘船，那件作品就装在船上。整台发条装置嵌在船壳里，装配得整整齐齐，就等人插上曲柄，就等人把它放进铺着蓝色瓷砖的水箱。那水箱折磨了你那么久，但从今往后将是你快乐的源泉。

不过东西暂时还在德国，它全部的装置都在船上，而船在箱子里，四周都用泥土、石块和草皮塞紧，说不定无意间，有条可怜的德国蚯蚓要被流放到洛厅去了；它会在那儿认识许多英国蚯蚓，没准还挺受欢迎呢，不像你老爸，在异国他乡受尽别人的耻笑。咱英国的蚯蚓，我相信，对待陌生人总是讲礼貌、懂宽容的。

已是深夜了，可整个村子都没睡，响铃叮当打着，皮鞭噼啪抽着。童话采集家告诉我这是一个节日，叫"Fasching"①。他又说这次跟以往截然不同。其实是那钟表匠因为不信奉耶稣基督，惹怒了村民。我不能怪罪那些基督徒。放在我们国家，这也会招致众怒，虽然我想还不至于闹到焚毁肖像，点燃森林大火的程度。

听说当地是有位男爵的，但在整场骚乱中，没有任何迹象表明他要他的人民坚决遵守秩序。离开此地我一点也不难过，如果一定要今晚走，我也不会舍不得。想想看，你老爸骑在高高的马背上，旁边是我们神奇的创造品，伴随夜空中星星点点的火光，沿着林道急速飞驰，把所有嘲讽与野蛮甩在身后，前方等待我的，将是你的美满健康。

他们烧死了巫婆。我也看到他们了。她只是稻草做的，不过场面也怪吓人的。

很快，你就会在洛厅亲眼看到这奇迹了——到时准叫你毛发直竖，血液奔涌。欢迎库克诺斯②的到来吧。含盐的眼泪，擦亮的白银。噢上帝啊，你将看着这伟大的造物捕杀银质小鱼，昂起头，做出整套天鹅特有的复杂吞咽动作。

好了，我已经坦白了。那是一只天鹅。

亲爱的佩西，我不是真的想要一只天鹅。不管我说过什么，我其实根本不想离开你身边。我从来不奢望更多，宝贝

---

① 德国四旬斋戒（Lent）开始前的狂欢节，人们举行各种娱乐活动，大吃大喝无所顾忌。
② Cygnus，利古里亚人之王，被变作天鹅，置于群星中。

儿子，只想让你健康。

亲爱的上帝，愿他还在，还等着我。亲爱的主啊，我祈祷，让他得救吧。愿我所做的一切，能换来您的垂怜。

凯瑟琳

公关部和开发部都很高兴。在朗兹广场富丽堂皇的正门边，那只壮观的天鹅占据了一席之地。它上了 BBC 和 CNN 的节目，全世界的电视、服务器和播客都在放送。埃里克带我去"常春藤"吃晚餐，我从来没去过那地方。侍者总管对埃里克热情备至，我们喝了上好的夏伯利酒，金属味香醇，还吃了牡蛎。我们当然也聊到了马修，我哭了。

这一切，埃里克应付得相当好。他告诉我，从化学上讲，情感波动引起的眼泪，跟对人体起润滑作用的那种是不同的。所以我身上那些可耻的细微组织，他说道，现在包含着两种激素，一种伴随性欲的快感而来，另一种能缓解压力，最终相当于非常强力的天然止痛药。

"那叫什么来着？"我问。

"亮氨酸脑啡肽。"他面带微笑。我写了下来。

亮氨酸脑啡肽起作用了。听埃里克侃侃而谈，说着带我亲爱的去他俱乐部学游泳的经过，我哈哈大笑。

我们没拿阿曼达的"热情"当话题，我也没问那天观摩天鹅的"财神爷和官大人"里，有没有她的祖父。我只说，没想到一台发条机器，会在一群你以为早已不为人类感情所左右的人身上激起那样的敬畏感。

我把我的人类学故事一一讲给他听，如何在科勒肯威尔长大，如何被丢进海威科姆的一所不大入流的学校。我道出了我的伤心事。他亲切而有趣，而等我们跌跌撞撞出门走上西街，他给我叫了辆出租车，临别，他非常温柔、非常纯洁地亲吻了我的脸颊。

车载着我驶过滑铁卢桥，一路上我没怎么哭。

我给了司机小费，出手大方得不合情理。出租车正在开走，我注意到那辆可怕的老爷车又来了，还是倒着停在邻居家门前的空位上。这一次，我看清楚了这堆破烂的前部，认出是辆阿姆斯特朗·西德利，高档英国车，一九五〇年起就绝种，成了"恐龙"。那段时期的涂料堪称噩梦，都含有毒甲苯，打一出厂就开始污染空气。苟延残喘活到二〇一〇年，它的车皮已经开裂，布满白垩质，与其说像恐龙不如说像死鱼，扁扁的一条鳐，埋在沙子与海草中的一副鲨鱼皮囊。

走到门口，突然有一只手搭我的肩膀。我的尖叫声准是一路传开，滑铁卢桥都听得到。

是安格斯，虚弱、苍白。

"那边没事吧？"

说话的是我楼上的楼上。"对不起。"我说。

他砰地阖下窗，安格斯缩了一下。一个穿着深灰色工作服的姑娘从阴暗处走了出来。不用说，来人是阿曼达，她的头发往后梳着，那股兴奋劲叫人不知怎么办才好。

我们从来不会觉得正有什么不寻常的事在发生，哪怕它当真发生着。如今他俩挨着坐在我的尼尔森长沙发上，我给他俩端上一杯茶。

"我们很好，"安格斯说道，一边探出身子专注地盯着我，"你怎么样？"

阿曼达也在端详我。她大腿上搁着那本素描簿，我心想——我的算盘可一直在打——我们一定得从她手里要回那些画，因为她工作期间画的一幅又一幅，应当算博物馆的财产，制作撑门面的目录册时也能派上用场。做出来会像那么回事儿的，不开玩笑，而现在我们真的负担得起制作费了。克罗夫蒂赌赢了。银天鹅让艺术部的资助人很满意。它将成为"利润中心"。

安格斯好像有话对我说，可又不敢。

"说啊。"阿曼达撺掇他。很难想象她是那个在揭幕仪式上紧握着我的手的姑娘。

"怎么了，安格斯？"我摸了摸他那双粗糙大手的手背，我家马修的小孩儿啊。

"问她，她能不能给天鹅照 X 光？干吗不问啊？"

"阿曼达，你不能又来劲啊。"

"请坐下，贾里格小姐。我什么也不准备做，可您到底怕发现什么？如果我是列文虎克①呢？还会拒绝看一眼我的显微镜吗？那将会是个崭新的世界，您全然不了解。"

"曼迪，那里面什么也没有，"安格斯说，"只是你一厢情愿罢了。"他轻抚她的肩膀，可被她狠狠甩开了。

"好啊。要是里头有鬼呢？"她质问我。

"问题是里面没有。"

"您大可以说我是在胡言乱语，但要是那跟现代物理学，或者弦理论契合，怎么办？你就成了那些坚持认为太阳绕着地球转的人啦。"

"很好。我跟他们是同道。"

说到这儿，她已经在打开笔记本了，冥冥中我有预感，她掌握了某样"证据"或者宇宙观一类的东西。我也算不上焦虑，只是谨慎，小心翼翼。我跟着她走。进了厨房，她开始狂暴地抽出散页，像一手纸牌一样摊开在桌上，果酱和黄油的残滴弄脏了那些精心描画的线她也无所谓。那一条条线跨越蜡纸与蜡纸的边界，连绵不断，像在地图上。我顿时意

---

① 列文虎克（Anton Leeuwenhoek, 1632—1723），荷兰生物学家、显微镜学家。

识到，整幅图拼起来确是格外漂亮，可过了好一阵子我才明白，这是她在我的厨房和安妮·海勒的老巢里，细读亨利·布兰德林笔记本的成果。如同一切细读，个人化色彩很浓，可她成熟的天资加上她无情的难解逻辑，那股气场让我不敢靠近。

要是里头有鬼呢？我思索道。

阿曼达肯定还没到二十三岁，可她竟画出了一幅细致而优美的结构图，靠的，都是她想从混沌中找到"深层秩序"的强烈愿望。

过了好几分钟我才看出来，画面的中心是卡尔斯鲁厄城的平面图，就是桑佩尔展示给亨利·布兰德林的那幅——机轮之城，不唯如此，她还写了个大胆的说明："卡尔·本茨①的家乡"。有张卡尔·本茨的正式画像，不知她是画的还是摹的；灰色石墨线条的本茨森森然，她在下面还模仿亨利的笔迹写了段话："卡尔·本茨回头望着童年时的家乡：蓝山，他曾信步踱过的溪谷，他再熟悉不过的溪谷，翠绿的群山，水沫飞溅的小河，峭壁之上的杉树，俯临着那座黑森林的小村庄。"

她把小卡尔当成了卡尔·本茨。"生于一八四四年。"她

---

① 卡尔·本茨（Karl Friedrich Benz, 1844—1929），德国机械工程师，一八八五年设计并制造了世界上第一辆内燃机汽车。

写道。老天爷啊，我心想——会是那么回事儿吗？

还是这个渴切的女孩，之前试图证明那蓝色方块是耶稣十字架，如今又断定那船壳其实是某种木马，暗藏在它外壳的隔层里的，不仅有一个蓝色方块，还有一台内燃机的"秘方"，而她把这些"秘方"绘成了图，那么精巧，那么细致，简直让人无法相信它们不是"真的"。我对发动机的知识足敷我认出凸机轮、阀和推杆，可还有一些机件和控制这些机件变化的装置，同样画得很逼真，对我而言，却像那种你根本无法想象其功能的产品一样。

我想，她真是个满口胡话的疯子。我又想：是不是我太蠢了，没看出来这是对工业革命的批判？

"阿曼达，行啦。"我想把散页归拢来，直接拿给埃里克。

"别动！"她拍开了我的手。

"阿曼达，这些是一台内燃机的零部件。"

"哦。"

"它们在一只一八五四年制造的船壳里。"

"你记得清你读过的东西吗，贾里格小姐？"

"清清楚楚。"

"我记性棒极了。"她说道，随后她拿起我的手，握紧。我强忍住想抽脱的冲动。"你如今的状况，就像一只苍蝇，它微小的眼睛被变成了人眼那样。**你完全无法将你看到的同**

你的人生经验相联系。"

我开始说话。她打断了我。"'你不知道自己身在何处。你不知道这里将发生什么。就在这房间里，我保证，你会目睹闻所未闻的奇迹。'你懂这段话的意思吗？"

"阿曼达。"

"意思是他们要杀光我们所有人。造那台机器就是为的这个。它不是人类的作品。"

一边激烈宣布着，她一边打开她的素描簿，我在上面看到了那些熟悉的句子：从一行的一端开始，写至最后，文字的脚尖触到了悬崖边缘，再往前就是万丈深渊。

"这是亨利·布兰德林？"我问。

"当然咯。"

所以说，她显然是自己写的。现在她拿着伪造品来到客厅，跪在我身旁的地毯上。

"求您了。"说着她又握住了我的手。我思忖道，皮肤是人体最大的感觉器官。它包含超过四百万个感受器。多亏有皮肤，我们才能感觉到微风的轻柔吹拂，情人对我们身体的爱抚。皮肤还跟随我们体验阅读，至少于我确是如此。读着亨利笔记的怪诞伪造品，我浑身直起鸡皮疙瘩：

"污秽当从深处喷射而出，犹如黑色的胆汁，犹如苦味的怨愤；海洋当像母亲在倾吐胸中的恼恨。真相将如剃刀，没有舌头敢触碰。一众愚蠢之人在柏油的河面上前后奔窜，难听地叫着，像一辈又一辈鹅。"（安格斯重重地坐下了。我心想，这是他第一次真正看到她除了美丽，还有别的东西。）"残酷的饥荒，旱灾——一切都会成为谜题和不公。而看清真相的人反被称作疯子。那个人是你吗，不幸的女人？他们会用石头砸你，把你扔进护城河里。

"可怖的神秘。鬼来了，传说中的存在，可他们不是我们的敌人。我们死了，茫然不知发生了什么，所有人，每一个人都死了。"

阿曼达合上本子，把它扣在胸前。

"当然，"她静静地说道，"这一切都不可能是真的。"

我感觉到她的绝望和困惑，像长在我头脑中的黑子。也许我真是只丽蝇。也许这妙人儿真是个天才。就用 X 光照一下那可恶的东西吧，我心想，为什么不呢？我为什么不肯呢？没人敢拦我的。

安格斯蜷缩在我身旁。阿曼达把头靠在我大腿上，她脏兮兮的手绕着我的小腿。"我好累。"她说。

于是我们三个，站着，蜷着，结为一体。有太多太多事情我不确定，只知道，我们的本质是包裹在那最大的感觉器官中的，我们人类的皮肤，自成一个宇宙。

我抓着阿曼达的手，就像我曾经抚摸马修的皮肤那样，就像我现在抚摸他儿子的潮湿脸颊那样。机器没有感觉，这是共识。灵魂没有化学，时间不能停止。我们的皮肤包含四百万个感受器。我就知道这么多。我爱你。我抱紧你。我永远想你。可怖的神秘。我吻你的足尖。

图书在版编目(CIP)数据

眼泪的化学 /(澳)彼得·凯里(Peter Carey)著；
顾真译. —上海：上海译文出版社,2017.3
书名原文：The Chemistry of Tears
ISBN 978 - 7 - 5327 - 7341 - 1

Ⅰ.①眼… Ⅱ.①彼… ②顾… Ⅲ.①长篇小说-澳
大利亚-现代 Ⅳ.①I611.45

中国版本图书馆 CIP 数据核字(2016)第 212084 号

图字：09 - 2012 - 877 号

眼泪的化学

〔澳〕彼得·凯里 / 著 顾真 译
责任编辑 / 管舒宁 装帧设计 / 张志全工作室

上海世纪出版股份有限公司
译文出版社出版
网址：www. yiwen. com. cn
上海世纪出版股份有限公司发行中心发行
200001 上海福建中路 193 号 www. ewen. co
浙江新华数码印务有限公司印刷

开本 787×1092 1/32 印张 9.75 插页 5 字数 127,000
2017 年 3 月第 1 版 2017 年 3 月第 1 次印刷
印数：0,001—5,000 册

ISBN 978 - 7 - 5327 - 7341 - 1/I·4473
定价：56.00 元